»Zur Dämmerstunde«

XIV

EINE GROSSDRUCKREIHE

THOMAS MANN

Kabinettstücke

aus seinen Werken

Hartfrid Voss Verlag

Herausgegeben von Hartfrid Voss

1. Auflage · April 1975
Großdruck-Lizenzausgabe mit Genehmigung des S. Fischer Verlages, Frankfurt/M. Siehe Quellenhinweis S. 158.
Printed in Germany.
Einbandentwurf: Frieda Wiegand
ISBN 3-87878-036-2

INHALT

VORWORT

Diese Auswahl von Kabinettstücken aus fünf Werken von Thomas Mann erscheint zum 100. Geburtstag des Dichters (6. Juni 1875) und zum 20. Todestag († 12. August 1955). In großer Schrift gesetzt will sie allen Lesern, die die kleinere Schrift der Originalwerke nur mehr schwer lesen können, die Meisterwerke noch einmal (oder auch zum erstenmal) in einigen charakteristischen Auszügen nahebringen.*

Zuvorderst dafür geeignet erschienen die Anfangskapitel, die großartigen »Ouvertüren« der Dichtungen. Welche Meisterschaft zeichnet sich schon in dem Beginn seines ersten Romans BUDDENBROOKS ab, mit dem der damals Dreiundzwanzigjährige seine Ruhmeslaufbahn antrat: die köstliche Familienfeier der Buddenbrooks, auf der bereits fast alle Akteure dieser Chronik einer Lübecker Patrizierfamilie auftreten – wahrhaft ein Kabinettstück der subtilsten Schilderungskunst! Ein gleiches der Beginn vom TOD IN VENEDIG, da Gustav Aschenbach auf einem Spaziergang den Plan zu einer Reise faßt, in deren Verlauf unter sonderbaren Begleitumständen sich etwas Unheilvolles anzukündigen scheint. Meisterhaft weiterhin das (noch) heitere erste Kapitel vom ZAUBERBERG, in dem die Verzauberung des jungen Hans Castorp ihren Anfang nimmt. Und dann in LOTTE IN WEIMAR die genüßliche Schilderung von der Ankunft der Hofrätin Charlotte Kestner im ›Gasthaus zum Elephanten‹, überschwenglich begrüßt als einstige Lotte aus Werthers Leiden vom Haus-

faktotum namens Mager. Schließlich der Anbeginn der Aufzeichnungen von Serenus Zeitblom in DOKTOR FAUSTUS über das tragische Leben seines Freundes, des deutschen Tonsetzers Adrian Leverkühn.

So geben denn die hier gebrachten großen Eröffnungsabschnitte der fünf aus so verschiedenen Lebensaltern stammenden Dichtungen Zeugnis von der hohen »Kunst des Beginnens«, mit der Thomas Mann den Leser in den Bann zu ziehen weiß.

Hinzugenommen wurden in zwei Fällen, beim »Zauberberg« und »Doktor Faustus«, noch je eine meisterhafte Szene, die als besondere Kabinettstücke für viele andere, die man hätte auswählen können, stehen.

Zwei Aussprüche von Thomas Mann seien hier noch angefügt, die für sein Schaffen und eben auch für die hier gebrachten Proben bestimmend sind: »Ironie ist das Körnchen Salz, durch welches das Aufgetischte überhaupt erst genießbar wird«, und: »Wenn ich einen Wunsch für den Nachruhm meines Werkes habe, so ist es der, man möge von ihm sagen, daß es lebensfreundlich *ist, obwohl es vom Tode weiß« – Worte, die er anläßlich seines fünfzigsten Geburtstages aussprach und die auch heute noch gelten.*

In diesem Sinne will diese Auswahl ein Buch des Dankes und des Erinnerns sein, zum »Immer-wieder-lesen« für alle Thomas Mann-Verehrer.

H. V.

Die im Inhaltsverzeichnis und im Text in Klammern aufgeführten Überschriften sollen nur als Inhaltshinweis dienen, sind also keine Originalangaben.

Aus

BUDDENBROOKS

Erstes Kapitel

(Eine Familienfeier im Hause Buddenbrook)

»Was ist das. – Was – ist das . . .«

»Je, den Düwel ook, c'est la question, ma très chère demoiselle!«

Die Konsulin Buddenbrook, neben ihrer Schwiegermutter auf dem geradlinigen, weißlackierten und mit einem goldenen Löwenkopf verzierten Sofa, dessen Polster hellgelb überzogen waren, warf einen Blick auf ihren Gatten, der in einem Armsessel bei ihr saß, und kam ihrer kleinen Tochter zu Hilfe, die der Großvater am Fenster auf den Knien hielt.

»Tony!« sagte sie, »ich glaube, daß mich Gott –«

Und die kleine Antonie, achtjährig und zartgebaut, in einem Kleidchen aus ganz leichter changierender Seide, den hübschen Blondkopf ein wenig vom Gesichte des Großvaters abgewandt, blickte aus ihren graublauen Augen angestrengt nachdenkend und ohne etwas zu sehen ins Zimmer hinein, wiederholte noch einmal: »Was ist das«, sprach darauf langsam: »Ich glaube, daß mich Gott«, fügte, während ihr Gesicht sich aufklärte, rasch hinzu: »– geschaffen hat samt allen Kreaturen«, war plötzlich auf glatte Bahn geraten und schnurrte nun, glückstrahlend und unaufhaltsam den ganzen Artikel daher, getreu nach dem Katechismus, wie er soeben, Anno 1835, unter Genehmigung eines hohen und wohlweisen Senates, neu revidiert herausgegeben war. Wenn man im Gange war, dachte sie, war es ein Gefühl, wie wenn man im Winter auf dem kleinen Handschlitten mit den Brüdern den Jerusalemsberg hinunterfuhr: es vergingen einem geradezu die Gedanken dabei, und man konnte nicht einhalten, wenn man auch wollte.

»Dazu Kleider und Schuhe«, sprach sie, »Essen und Trinken, Haus und Hof, Weib und Kind, Acker und Vieh . . .« Bei diesen Worten aber brach der alte Monsieur Johann Buddenbrook einfach in Gelächter aus, in sein helles, verkniffenes Kichern, das er heimlich in Bereitschaft gehalten hatte. Er lachte vor Vergnügen, sich über den Katechismus mokieren zu können, und hatte wahrscheinlich nur zu diesem Zwecke das kleine Examen vorgenommen. Er erkundigte sich nach Tony's Acker und Vieh, fragte, wieviel sie für den Sack Weizen nähme, und erbot sich, Geschäfte mit ihr zu machen. Sein rundes, rosig überhauchtes und wohlmeinendes Gesicht, dem er beim besten Willen keinen Ausdruck von Bosheit zu geben vermochte, wurde von schneeweiß gepudertem Haar eingerahmt, und etwas wie ein ganz leise angedeutetes Zöpflein fiel auf den breiten Kragen seines mausgrauen Rockes hinab. Er war, mit seinen siebenzig Jahren, der Mode seiner Jugend nicht untreu geworden; nur auf den Tressenbesatz zwischen den Knöpfen und den großen Taschen hatte er verzichtet, aber niemals im Leben hatte er lange Beinkleider getragen. Sein Kinn ruhte breit, doppelt und mit einem Ausdruck von Behaglichkeit auf dem weißen Spitzenjabot.

Alle hatten in sein Lachen eingestimmt, hauptsächlich

aus Ehrerbietung gegen das Familienoberhaupt. Madame Antoinette Buddenbrook, geborene Duchamps, kicherte in genau derselben Weise wie ihr Gatte. Sie war eine korpulente Dame mit dicken weißen Locken über den Ohren, einem schwarz und hellgrau gestreiften Kleide ohne Schmuck, das Einfachheit und Bescheidenheit verriet, und mit noch immer schönen und weißen Händen, in denen sie einen kleinen, sammetnen Pompadour auf dem Schoße hielt. Ihre Gesichtszüge waren im Laufe der Jahre auf wunderliche Weise denjenigen ihres Gatten ähnlich geworden. Nur der Schnitt und die lebhafte Dunkelheit ihrer Augen redeten ein wenig von ihrer halb romanischen Herkunft; sie stammte großväterlicherseits aus einer französisch-schweizerischen Familie und war eine geborene Hamburgerin.

Ihre Schwiegertochter, die Konsulin Elisabeth Buddenbrook, eine geborene Kröger, lachte das Kröger'sche Lachen, das mit einem pruschenden Lippenlaut begann, und bei dem sie das Kinn auf die Brust drückte. Sie war, wie alle Krögers, eine äußerst elegante Erscheinung, und war sie auch keine Schönheit zu nennen, so gab sie doch mit ihrer hellen und besonnenen Stimme, ihren ruhigen, sicheren und sanften Bewegungen aller Welt ein Gefühl von Klarheit und Vertrauen. Ihrem rötlichen Haar, das auf der Höhe des Kopfes zu einer Krone gewunden und in breiten künstlichen Locken über die Ohren frisiert war, entsprach ein außerordentlich zartweißer Teint mit vereinzelten kleinen Sommersprossen. Das Charakteristische an ihrem Gesicht mit der etwas zu langen Nase und dem kleinen

Munde, war, daß zwischen Unterlippe und Kinn sich durchaus keine Vertiefung befand. Ihr kurzes Mieder mit hochgepufften Ärmeln, an das sich ein enger Rock aus duftiger, hellgeblümter Seide schloß, ließ einen Hals von vollendeter Schönheit frei, geschmückt mit einem Atlasband, an dem eine Komposition von großen Brillanten flimmerte.

Der Konsul beugte sich mit einer etwas nervösen Bewegung im Sessel vornüber. Er trug einen zimmetfarbenen Rock mit breiten Aufschlägen und keulenförmigen Ärmeln, die sich erst unterhalb des Gelenkes eng um die Hand schlossen. Seine anschließenden Beinkleider bestanden aus einem weißen, waschbaren Stoff und waren an den Außenseiten mit schwarzen Streifen versehen. Um die steifen Vatermörder, in die sich sein Kinn schmiegte, war die seidene Krawatte geschlungen, die dick und breit den ganzen Ausschnitt der buntfarbigen Weste ausfüllte . . . Er hatte die ein wenig tiefliegenden, blauen und aufmerksamen Augen seines Vaters, wenn ihr Ausdruck auch vielleicht träumerischer war; aber seine Gesichtszüge waren ernster und schärfer, seine Nase sprang stark und gebogen hervor, und die Wangen, bis zu deren Mitte blonde, lockige Bartstreifen liefen, waren viel weniger voll als die des Alten.

Madame Buddenbrook wandte sich an ihre Schwiegertochter, drückte mit einer Hand ihren Arm, sah ihr kichernd in den Schoß und sagte:

»Immer der nämliche, mon vieux, Bethsy . . .?« »Immer« sprach sie wie »ümmer« aus.

Die Konsulin drohte nur schweigend mit ihrer zarten

Hand, so daß ihr goldenes Armband leise klirrte; und dann vollführte sie eine ihr eigentümliche Handbewegung vom Mundwinkel zur Frisur hinauf, als ob sie ein loses Haar zurückstriche, das sich dorthin verirrt hatte.

Der Konsul aber sagte mit einem Gemisch von entgegenkommendem Lächeln und Vorwurf in der Stimme:

»Aber Vater, Sie belustigen sich wieder einmal über das Heiligste!« . . .

Man saß im ›Landschaftszimmer‹, im ersten Stockwerk des weitläufigen alten Hauses in der Mengstraße, das die Firma ›Johann Buddenbrook‹ vor einiger Zeit käuflich erworben hatte und das die Familie noch nicht lange bewohnte. Die starken und elastischen Tapeten, die von den Mauern durch einen leeren Raum getrennt waren, zeigten umfangreiche Landschaften, zartfarbig wie der dünne Teppich, der den Fußboden bedeckte, Idylle im Geschmack des achtzehnten Jahrhunderts, mit fröhlichen Winzern, emsigen Ackersleuten, nett bebänderten Schäferinnen, die reinliche Lämmer am Rande spiegelnden Wassers im Schoße hielten oder sich mit zärtlichen Schäfern küßten . . . Ein gelblicher Sonnenuntergang herrschte meistens auf diesen Bildern, mit dem der gelbe Überzug der weißlackierten Möbel und die gelbseidenen Gardinen vor den beiden Fenstern übereinstimmten.

Im Verhältnis zu der Größe des Zimmers waren die Möbel nicht zahlreich. Der runde Tisch mit den dünnen, geraden und leicht mit Gold ornamentierten Beinen stand nicht vor dem Sofa, sondern an der entgegengesetzten Wand, dem kleinen Harmonium gegenüber, auf dessen Deckel ein Flötenbehälter lag. Außer den regelmäßig an den Wänden verteilten, steifen Armstühlen gab es nur noch einen kleinen Nähtisch am Fenster und, dem Sofa gegenüber, einen zerbrechlichen Luxus-Sekretär, bedeckt mit Nippes.

Durch eine Glastür, den Fenstern gegenüber, blickte man in das Halbdunkel einer Säulenhalle hinaus, während sich linker Hand vom Eintretenden die hohe, weiße Flügeltür zum Speisesaale befand. An der anderen Wand aber knisterte, in einer halbkreisförmigen Nische und hinter einer kunstvoll durchbrochenen Tür aus blankem Schmiedeeisen, der Ofen.

Denn es war frühzeitig kalt geworden. Draußen, jenseits der Straße, war schon jetzt, um die Mitte des Oktober, das Laub der kleinen Linden vergilbt, die den Marienkirchhof umstanden, um die mächtigen gotischen Ecken und Winkel der Kirche pfiff der Wind, und ein feiner, kalter Regen ging hernieder. Madame Buddenbrook, der Älteren, zuliebe hatte man die doppelten Fenster schon eingesetzt.

Es war Donnerstag, der Tag, an dem ordnungsgemäß jede zweite Woche die Familie zusammenkam; heute aber hatte man, außer den in der Stadt ansässigen Familiengliedern, auch ein paar gute Hausfreunde auf ein ganz einfaches Mittagbrot gebeten, und man saß nun, gegen vier Uhr nachmittags, in der sinkenden Dämmerung und erwartete die Gäste . . .

Die kleine Antonie hatte sich in ihrer Schlittenfahrt durch den Großvater nicht stören lassen, sondern hatte nur schmollend die immer ein bißchen hervorstehende Oberlippe noch weiter über die untere geschoben. Jetzt war sie am Fuße des ›Jerusalemsberges‹ angelangt; aber unfähig, der glatten Fahrt plötzlich Einhalt zu tun, schoß sie noch ein Stück über das Ziel hinaus . . .

»Amen«, sagte sie, »ich weiß was, Großvater!«

»Tiens! Sie weiß was!« rief der alte Herr und tat, als ob ihn die Neugier im ganzen Körper plage. »Hast du gehört, Mama? Sie weiß was! Kann mir denn niemand sagen . . .«

»Wenn es ein warmer Schlag ist«, sprach Tony und nickte bei jedem Wort mit dem Kopfe, »so schlägt der Blitz ein. Wenn es aber ein kalter Schlag ist, so schlägt der Donner ein!«

Hierauf kreuzte sie die Arme und blickte in die lachenden Gesichter wie jemand, der seines Erfolges sicher ist. Herr Buddenbrook aber war böse auf diese Weisheit, er verlangte durchaus zu wissen, wer dem Kinde diese Stupidität beigebracht habe, und als sich ergab, Ida Jungmann, die kürzlich für die Kleinen engagierte Mamsell aus Marienwerder, sei es gewesen, mußte der Konsul diese Ida in Schutz nehmen.

»Sie sind zu streng, Papa. Warum sollte man in diesem Alter über dergleichen Dinge nicht seine eigenen wunderlichen Vorstellungen haben dürfen . . .«

»Excusez, mon cher! . . . Mais c'est une folie! Du weißt, daß solche Verdunkelung der Kinderköpfe mir verdrüßlich ist! Wat, de Dunner sleit in? Da sall doch gliek de Dunner inslahn! Geht mir mit eurer Preußin . . .«

Die Sache war die, daß der alte Herr auf Ida Jungmann nicht zum besten zu sprechen war. Er war kein beschränkter Kopf. Er hatte ein Stück von der Welt gesehen, war

Anno 13 vierspännig nach Süddeutschland gefahren, um als Heereslieferant für Preußen Getreide aufzukaufen, war in Amsterdam und in Paris gewesen und hielt, ein aufgeklärter Mann, bei Gott nicht alles für verurteilenswürdig, was außerhalb der Tore seiner giebeligen Vaterstadt lag. Abgesehen vom geschäftlichen Verkehr aber, in gesellschaftlicher Beziehung, war er mehr als sein Sohn, der Konsul, geneigt, strenge Grenzen zu ziehen und Fremden ablehnend zu begegnen. Als daher eines Tages seine Kinder von einer Reise nach Westpreußen dies junge Mädchen – sie war erst jetzt zwanzig Jahre alt – als eine Art Jesuskind mit sich ins Haus gebracht hatten, eine Waise, die Tochter eines unmittelbar vor Ankunft der Buddenbrooks in Marienwerder verstorbenen Gasthofsbesitzers, da hatte der Konsul für diesen frommen Streich einen Auftritt mit seinem Vater zu bestehen gehabt, bei dem der alte Herr fast nur französisch und plattdeutsch sprach . . . Übrigens hatte Ida Jungmann sich als tüchtig im Hausstande und im Verkehr mit den Kindern erwiesen und eignete sich mit ihrer Loyalität und ihren preußischen Rangbegriffen im Grunde aufs beste für ihre Stellung in diesem Hause. Sie war eine Person von aristokratischen Grundsätzen, die haarscharf zwischen ersten und zweiten Kreisen, zwischen Mittelstand und geringerem Mittelstand unterschied, sie war stolz darauf, als ergebene Dienerin den ersten Kreisen anzugehören, und sah es ungern, wenn Tony sich etwa mit einer Schulkameradin befreundete, die nach Mamsell Jungmanns Schätzung nur dem guten Mittelstande zuzurechnen war . . .

In diesem Augenblick ward die Preußin selbst in der Säulenhalle sichtbar und trat durch die Glastür ein: ein ziemlich großes, knochig gebautes Mädchen in schwarzem Kleide, mit glattem Haar und einem ehrlichen Gesicht. Sie führte die kleine Klothilde an der Hand, ein außerordentlich mageres Kind in geblümtem Kattunkleidchen, mit glanzlosem, aschigem Haar und stiller Altjungfernmiene. Sie stammte aus einer völlig besitzlosen Nebenlinie, war die Tochter eines bei Rostock als Gutsinspektor ansässigen Neffen des alten Herrn Buddenbrook und ward, weil sie gleichaltrig mit Antonie und ein williges Geschöpf war, hier im Hause erzogen.

»Es ist alles bereit«, sagte Mamsell Jungmann und schnurrte das r in der Kehle, denn sie hatte es ursprünglich überhaupt nicht aussprechen können. »Klothildchen hat tücht'g geholfen in der Küche, Trina hat fast nichts zu tun brauchen . . .«

Monsieur Buddenbrook schmunzelte spöttisch in sein Jabot über Ida's fremdartige Aussprache; der Konsul aber streichelte seiner kleinen Nichte die Wange und sagte:

»So ist es recht, Thilda. Bete und arbeite, heißt es. Unsere Tony soll sich ein Beispiel daran nehmen. Sie neigt nur allzuoft zu Müßiggang und Übermut . . .«

Tony ließ den Kopf hängen und blickte von unten herauf den Großvater an, denn sie wußte wohl, daß er sie, wie gewöhnlich, verteidigen werde.

»Nein, nein«, sagte er, »Kopf hoch, Tony, courage! Eines schickt sich nicht für alle. Jeder nach seiner Art. Thilda ist brav, aber wir sind auch nicht zu verachten. Spreche ich raisonable, Bethsy?«

Er wandte sich an seine Schwiegertochter, die seinem Geschmacke beizupflichten pflegte, während Madame Antoinette, mehr aus Klugheit wohl denn aus Überzeugung, meistens die Partei des Konsuls nahm. So reichten sich die beiden Generationen, im chassé croisé gleichsam, die Hände.

»Sie sind sehr gut, Papa«, sagte die Konsulin. »Tony wird sich bemühen, eine kluge und tüchtige Frau zu werden ... Sind die Knaben aus der Schule gekommen?« fragte sie Ida.

Aber Tony, die vom Knie des Großvaters aus in den ›Spion‹ durchs Fenster sah, rief fast gleichzeitig:

»Tom und Christian kommen die Johannisstraße herauf ... und Herr Hoffstede ... und Onkel Doktor ...«

Das Glockenspiel von Sankt Marien setzte mit einem Chorale ein: pang! ping, ping – pung! ziemlich taktlos, so daß man nicht recht zu erkennen vermochte, was es eigentlich sein sollte, aber doch voll Feierlichkeit, und während dann die kleine und die große Glocke fröhlich und würdevoll erzählten, daß es vier Uhr sei, schallte auch drunten die Glocke der Windfangtür gellend über die große Diele, worauf es in der Tat Tom und Christian waren, die ankamen, zusammen mit den ersten Gästen, mit Jean Jacques Hoffstede, dem Dichter, und Doktor Grabow, dem Hausarzt.

Herr Jean Jacques Hoffstede, der Poet der Stadt, der sicherlich auch für den heutigen Tag ein paar Reime in der Tasche hatte, war nicht viel jünger als Johann Buddenbrook, der Ältere, und abgesehen von der grünen Farbe seines Leibrockes, in demselben Geschmack gekleidet. Aber er war dünner und beweglicher als sein alter Freund und besaß kleine, flinke, grünliche Augen und eine lange, spitze Nase.

»Besten Dank«, sagte er, nachdem er den Herren die Hände geschüttelt und vor den Damen – im besonderen vor der Konsulin, die er außerordentlich verehrte – ein paar seiner ausgesuchtesten compliments vollführt hatte, compliments, wie die neue Generation sie schlechterdings nicht mehr zustande brachte, und die von einem angenehm stillen und verbindlichen Lächeln begleitet waren. »Besten Dank für die freundliche Einladung, meine Hochverehrten. Diese beiden jungen Leute«, und er wies auf Tom und Christian, die in blauen Kitteln mit Ledergürteln bei ihm standen, »haben wir in der Königstraße getroffen, der Doktor und ich, als sie von ihren Studien kamen. Prächtige Bursche – Frau Konsulin? Thomas, das ist ein solider und ernster Kopf; er muß Kaufmann werden, darüber besteht kein Zweifel. Christian dagegen scheint mir ein wenig Tausendsassa zu sein, wie? ein wenig incroyable ... Allein ich verhehle nicht mein engouement. Er wird studieren, dünkt mich; er ist witzig und brillant veranlagt ...«

Herr Buddenbrook bediente sich seiner goldenen Tabaksdose.

»'n Aap is hei! Soll er nicht gleich Dichter werden, Hoffstede?«

Mamsell Jungmann steckte die Fenstervorhänge übereinander, und bald lag das Zimmer in dem etwas unruhigen, aber diskreten und angenehmen Licht der Kerzen des Kristallkronleuchters und der Armleuchter, die auf dem Sekretäre standen.

»Nun, Christian«, sagte die Konsulin, deren Haar goldig aufleuchtete, »was hast du heute nachmittag gelernt?« Und es ergab sich, daß Christian Schreiben, Rechnen und Singen gehabt hatte.

Er war ein Bürschchen von sieben Jahren, das schon jetzt in beinahe lächerlicher Weise seinem Vater ähnlich war. Es waren die gleichen, ziemlich kleinen, runden und tiefliegenden Augen, die gleiche stark hervorspringende und gebogene Nase war schon erkenntlich, und unterhalb der Wangenknochen deuteten bereits ein paar Linien darauf hin, daß die Gesichtsform nicht immer die jetzige kindliche Fülle behalten werde.

»Wir haben furchtbar gelacht«, fing er an zu plappern, während seine Augen im Zimmer von einem zum anderen gingen. »Paßt mal auf, was Herr Stengel zu Siegmund Köstermann gesagt hat.« Er beugte sich vor, schüttelte den Kopf und redete eindringlich in die Luft hinein: »Äußerlich, mein gutes Kind, äußerlich bist du glatt und geleckt, ja, aber innerlich, mein gutes Kind, da bist du schwarz ...« Und dies sagte er unter Weglassung des r und indem er »schwarz« wie »swärz« aussprach – mit einem Gesicht, in dem sich der Unwille über diese »äußerliche« Glätte und

Gelecktheit mit einer so überzeugenden Komik malte, daß alles in Gelächter ausbrach.

»'n Aap is hei!« wiederholte der alte Buddenbrook kichernd. Herr Hoffstede aber war außer sich vor Entzücken.

»Charmant!« rief er. »Unübertrefflich! Man muß Marcellus Stengel kennen! Akkurat so! Nein, das ist gar zu köstlich!«

Thomas, dem solche Begabung abging, stand neben seinem jüngeren Bruder und lachte neidlos und herzlich. Seine Zähne waren nicht besonders schön, sondern klein und gelblich. Aber seine Nase war auffallend fein geschnitten, und er ähnelte in den Augen und in der Gesichtsform stark seinem Großvater.

Man hatte zum Teil auf den Stühlen und dem Sofa Platz genommen, man plauderte mit den Kindern, sprach über die frühe Kälte, das Haus . . . Herr Hoffstede bewunderte am Sekretär ein prachtvolles Tintenfaß aus Sèvres-Porzellan in Gestalt eines schwarzgefleckten Jagdhundes. Doktor Grabow aber, ein Mann vom Alter des Konsuls, zwischen dessen spärlichem Backenbart ein langes, gutes und mildes Gesicht lächelte, betrachtete die Kuchen, Korinthenbrote und verschiedenartigen gefüllten Salzfäßchen, die auf dem Tische zur Schau gestellt waren. Es war das ›Salz und Brot‹, das der Familie von Verwandten und Freunden zum Wohnungswechsel übersandt worden war. Da man aber sehen sollte, daß die Gabe nicht aus geringen Häusern komme, bestand das Brot in süßem, gewürztem und schwerem Gebäck und war das Salz von massivem Golde umschlossen.

»Ich werde wohl zu tun bekommen«, sagte der Doktor, indem er auf die Süßigkeiten wies und den Kindern drohte. Dann hob er mit wiegendem Kopf ein gediegenes Gerät für Salz, Pfeffer und Senf empor.

»Von Lebrecht Kröger«, sagte Monsieur Buddenbrook schmunzelnd. »Immer kulant, mein lieber Herr Verwandter. Ich habe ihm dergleichen nicht spendiert, als er sich sein Gartenhaus vorm Burgtor gebaut hatte. Aber so war er immer ... nobel! spendabel! ein à la mode-Kavalier.«

Mehrmals hatte die Glocke durchs ganze Haus gegellt. Pastor Wunderlich langte an, ein untersetzter alter Herr in langem, schwarzem Rock, mit gepudertem Haar und einem weißen, behaglich lustigen Gesicht, in dem ein Paar grauer, munterer Augen blinzelten. Er war seit vielen Jahren Witwer und rechnete sich zu den Junggesellen aus der alten Zeit, wie der lange Makler, Herr Grätjens, der mit ihm kam und beständig eine seiner hageren Hände nach Art eines Fernrohrs zusammengerollt vors Auge hielt, als prüfe er ein Gemälde; er war ein allgemein anerkannter Kunstkenner.

Auch Senator Doktor Langhals nebst Frau kamen an, langjährige Freunde des Hauses, – nicht zu vergessen den Weinhändler Köppen mit dem großen, dunkelroten Gesicht, das zwischen den hochgepolsterten Ärmeln saß, und seine gleichfalls so sehr beleibte Gattin ...

Es war schon nach halb fünf Uhr, als schließlich die Krögers eintrafen, die Alten sowohl wie ihre Kinder, Konsul Krögers mit ihren Söhnen Jakob und Jürgen, die im Alter von Tom und Christian standen. Und fast gleichzeitig mit ihnen kamen auch die Eltern der Konsulin Kröger, Holzgroßhändler Oeverdieck nebst Frau, ein altes, zärtliches Ehepaar, das sich vor aller Ohren mit den bräutlichsten Kosenamen zu benennen pflegte.

»Feine Leute kommen spät«, sagte Konsul Buddenbrook und küßte seiner Schwiegermutter die Hand.

»Öwer denn ook gliek düchtig!« und Johann Buddenbrook machte eine weite Armbewegung über die Kröger'sche Verwandtschaft hin, indem er dem Alten die Hand schüttelte . . .

Lebrecht Kröger, der à la mode-Kavalier, eine große, distinguierte Erscheinung, trug noch leicht gepudertes Haar, war aber modisch gekleidet. An seiner Sammetweste blitzten zwei Reihen von Edelsteinknöpfen. Justus, sein Sohn, mit kleinem Backenbart und spitz emporgedrehtem Schnurrbart, ähnelte, was Figur und Benehmen anbetraf, stark seinem Vater; auch über die nämlichen runden und eleganten Handbewegungen verfügte er.

Man setzte sich gar nicht erst, sondern stand, in Erwartung der Hauptsache, in einem vorläufigen und nachlässigen Gespräch beieinander. Und Johann Buddenbrook, der Ältere, bot auch schon Madame Köppen seinen Arm, indem er mit vernehmlicher Stimme sagte:

»Na, wenn wir alle Appetit haben, mesdames et messieurs . . .«

Mamsell Jungmann und das Folgmädchen hatten die weiße Flügeltür zum Speisesaal geöffnet, und langsam, in zuversichtlicher Gemächlichkeit, bewegte sich die Gesellschaft hinüber; man konnte eines nahrhaften Bissens gewärtig sein bei Buddenbrooks . . .

*

Der jüngere Hausherr hatte, als der allgemeine Aufbruch begann, mit der Hand nach der linken Brustseite gegriffen, wo ein Papier knisterte, das gesellschaftliche Lächeln war plötzlich von seinem Gesicht verschwunden, um einem gespannten und besorgten Ausdruck Platz zu machen, und an seinen Schläfen spielten, als ob er die Zähne aufeinanderbisse, ein paar Muskeln. Nur zum Schein machte er einige Schritte dem Speisesaale zu, dann aber hielt er sich zurück und suchte mit den Augen seine Mutter, die als eine der letzten, an der Seite Pastor Wunderlichs, die Schwelle überschreiten wollte.

»Pardon, lieber Herr Pastor . . . Auf zwei Worte, Mama!« Und während der Pastor ihm munter zunickte, nötigte Konsul Buddenbrook die alte Dame ins Landschaftszimmer zurück und zum Fenster.

»Es ist, um kurz zu sein, ein Brief von Gotthold gekommen«, sagte er rasch und leise, indem er in ihre fragenden, dunklen Augen sah und das gefaltete und versiegelte Papier aus der Tasche zog. »Das ist seine Handschrift . . . Es ist das dritte Schreiben, und nur das erste hat Papa ihm beantwortet . . . Was machen? Es ist schon um zwei Uhr angekommen, und ich hätte es dem Vater längst einhändigen müssen, aber sollte ich ihm heute die Stimmung verderben? Was sagen Sie? Es ist immer noch Zeit, ihn herauszubitten . . .«

»Nein, du hast recht, Jean, warte damit!« sagte Madame Buddenbrook und erfaßte nach ihrer Gewohnheit mit einer schnellen Bewegung den Arm ihres Sohnes. »Was soll darin stehen!« fügte sie bekümmert hinzu. »Er gibt nicht nach, der Junge. Er kapriziert sich auf diese Entschädigungssumme für den Anteil am Hause ... Nein, nein, Jean, noch nicht jetzt ... Heute abend vielleicht, vorm Zubettgehen ...«

»Was tun?« wiederholte der Konsul, indem er den gesenkten Kopf schüttelte. »Ich selbst habe Papa oft genug bitten wollen, nachzugeben ... Es soll nicht aussehen, als ob ich, der Stiefbruder, mich bei den Eltern eingenistet hätte und gegen Gotthold intrigierte ... auch dem Vater gegenüber muß ich den Anschein dieser Rolle vermeiden. Aber wenn ich ehrlich sein soll ... ich bin schließlich Associé. Und dann bezahlen Bethsy und ich vorläufig eine ganz normale Miete für den zweiten Stock ... Was meine Schwester in Frankfurt betrifft, nun, so ist die Sache arrangiert. Ihr Mann bekommt schon jetzt, bei Papas Lebzeiten, eine Abstandssumme, ein Viertel bloß von der Haus-Kaufsumme ... Das ist ein vorteilhaftes Geschäft, das Papa sehr glatt und gut erledigt hat und das im Sinne der Firma höchst erfreulich ist. Und wenn Papa sich Gotthold gegenüber so ganz abweisend verhält, so ist das ...«

»Nein, Unsinn, Jean, dein Verhältnis zur Sache ist doch wohl klar. Aber Gotthold glaubt, daß ich, seine Stiefmutter, nur für meine eigenen Kinder sorge und ihm seinen Vater geflissentlich entfremde. Das ist das Traurige ...«

»Aber es ist seine Schuld!« rief der Konsul beinahe laut

und mäßigte dann seine Stimme mit einem Blick nach dem Speisesaal. »Es ist seine Schuld, dies traurige Verhältnis! Urteilen Sie selbst! Warum konnte er nicht vernünftig sein! Warum mußte er diese Demoiselle Stüwing heiraten und den . . . Laden . . .« Der Konsul lachte ärgerlich und verlegen bei diesem Worte. »Es ist eine Schwäche, Vaters Widerwille gegen den Laden; aber Gotthold hätte diese kleine Eitelkeit respektieren müssen . . .«

»Ach, Jean, das beste wäre, Papa gäbe nach!«

»Aber kann ich denn dazu raten?« flüsterte der Konsul mit einer erregten Handbewegung nach der Stirn. »Ich bin persönlich interessiert, und deshalb müßte ich sagen: Vater, bezahle. Aber ich bin auch Associé, ich habe die Interessen der Firma zu vertreten, und wenn Papa nicht glaubt, einem ungehorsamen und rebellischen Sohn gegenüber die Verpflichtung zu haben, dem Betriebskapital die Summe zu entziehen . . . Es handelt sich um mehr als elftausend Kuranttaler. Das ist gutes Geld . . . Nein, nein, ich kann nicht zuraten . . . aber auch nicht abraten. Ich will nichts davon wissen. Nur die Szene mit Papa ist mir désagréable . . .«

»Abends spät, Jean. Komm nun, man wartet . . .«

Der Konsul barg das Papier in der Brusttasche, bot seiner Mutter den Arm, und nebeneinander überschritten sie die Schwelle zum hellerleuchteten Speisesaal, wo die Gesellschaft mit der Placierung um die lange Tafel soeben fertig geworden war.

Aus dem himmelblauen Hintergrund der Tapeten traten zwischen schlanken Säulen weiße Götterbilder fast plastisch hervor. Die schweren roten Fenstervorhänge waren geschlossen, und in jedem Winkel des Zimmers brannten auf einem hohen, vergoldeten Kandelaber acht Kerzen, abgesehen von denen, die in silbernen Armleuchtern auf der Tafel standen. Über dem massigen Büffet, dem Landschaftszimmer gegenüber, hing ein umfangreiches Gemälde, ein italienischer Golf, dessen blaudunstiger Ton in dieser Beleuchtung außerordentlich wirksam war. Mächtige, steiflehnige Sofas in rotem Damast standen an den Wänden.

Es war jede Spur von Besorgnis und Unruhe aus dem Gesicht Madame Buddenbrooks verschwunden, als sie sich zwischen dem alten Kröger, der an der Fensterseite präsidierte, und Pastor Wunderlich niederließ.

»Bon appétit!« sagte sie mit ihrem kurzen, raschen, herzlichen Kopfnicken, indem sie einen schnellen Blick über die ganze Tafel bis zu den Kindern hinunter gleiten ließ . . .

*

»Wie gesagt, alle Achtung, Buddenbrook!« übertönte die wuchtige Stimme des Herrn Köppen das allgemeine Gespräch, als das Folgmädchen mit den nackten, roten Armen, dem dicken, gestreiften Rock und der kleinen weißen Mütze auf dem Hinterkopf, unter Beihilfe Mamsell Jungmanns und des Mädchens der Konsulin von oben, die heiße Kräutersuppe nebst geröstetem Brot serviert hatte und man anfing, behutsam zu löffeln.

»Alle Achtung! Diese Weitläufigkeit, diese Noblesse . . .

ich muß sagen, hier läßt sich leben, muß ich sagen . . .« Herr Köppen hatte bei den früheren Besitzern des Hauses nicht verkehrt; er war noch nicht lange reich, stammte nicht gerade aus einer Patrizierfamilie und konnte sich einiger Dialektschwächen, wie die Wiederholung von »muß ich sagen«, leider noch nicht entwöhnen. Außerdem sagte er »Achung« statt »Achtung«.

»Hat auch gar kein Geld gekostet«, bemerkte trocken Herr Grätjens, der es wissen mußte, und betrachtete durch die hohle Hand eingehend den Golf.

Man hatte soweit wie möglich bunte Reihe gemacht und die Kette der Verwandten durch Hausfreunde unterbrochen. Streng aber war dies nicht durchzuführen gewesen, und die alten Oeverdiecks saßen einander wie gewöhnlich fast auf dem Schoße, sich innig zunickend. Der alte Kröger aber thronte hoch und gerade zwischen der Senatorin Langhals und Madame Antoinette und verteilte seine Handbewegungen und seine reservierten Scherze an die beiden Damen.

»Wann ist das Haus noch gebaut worden?« fragte Herr Hoffstede schräg über den Tisch hinüber den alten Buddenbrook, der sich in jovialem und etwas spöttischem Tone mit Madame Köppen unterhielt.

»Anno . . . warte mal . . . Um 1680, wenn ich nicht irre. Mein Sohn weiß übrigens besser mit solchen Daten Bescheid . . .«

»Zweiundachtzig«, bestätigte, sich vorbeugend, der Konsul, der weiter unten, ohne eine Tischdame, neben Senator Langhals seinen Platz hatte. »1682, im Winter, ist es fertig geworden. Mit ›Ratenkamp & Comp.‹ fing es damals an, aufs glänzendste bergauf zu gehen ... Traurig, dieses Sinken der Firma in den letzten zwanzig Jahren ...«

Ein allgemeiner Stillstand des Gespräches trat ein und dauerte eine halbe Minute. Man blickte in seinen Teller und gedachte dieser ehemals so glänzenden Familie, die das Haus erbaut und bewohnt hatte und die verarmt, heruntergekommen davongezogen war ...

»Tja, traurig«, sagte der Makler Grätjens; »wenn man bedenkt, welcher Wahnsinn den Ruin herbeiführte ... Wenn Dietrich Ratenkamp damals nicht diesen Geelmaack zum Kompagnon genommen hätte! Ich habe, weiß Gott, die Hände über dem Kopf zusammengeschlagen, als der anfing zu wirtschaften. Ich weiß es aus bester Quelle, meine Herrschaften, wie greulich der hinter Ratenkamps Rücken spekuliert und Wechsel hier und Akzepte dort auf den Namen der Firma gegeben hat ... Schließlich war es aus ... Da waren die Banken mißtrauisch, da fehlte die Deckung ... Sie haben keine Vorstellung ... Wer hat auch nur das Lager kontrolliert? Geelmaack vielleicht? Sie haben da wie die Ratten gehaust, jahraus, jahrein! Aber Ratenkamp kümmerte sich um nichts ...«

»Er war wie gelähmt«, sagte der Konsul. Sein Gesicht hatte einen düsteren und verschlossenen Ausdruck angenommen. Er bewegte, vornübergebeugt, den Löffel in seiner Suppe und ließ dann und wann einen kurzen Blick seiner runden, tiefliegenden Augen zum oberen Tischende hinaufschweifen. »Er ging wie unter einem Drucke einher, und ich glaube, man kann diesen Druck begreifen. Was veranlaßt ihn, sich mit Geelmaack zu verbinden, der bitter wenig Kapital hinzubrachte, und dem niemand den besten Leumund machte? Er muß das Bedürfnis empfunden haben, einen Teil der furchtbaren Verantwortlichkeit auf irgend jemanden abzuwälzen, weil er fühlte, daß es unaufhaltsam zu Ende ging ... Diese Firma hatte abgewirtschaftet, diese alte Familie war passée. Wilhelm Geelmaack hat sicherlich nur den letzten Anstoß zum Ruin gegeben ...«

»Sie sind also der Ansicht, werter Herr Konsul«, sagte Pastor Wunderlich mit bedächtigem Lächeln und schenkte seiner Dame und sich selbst Rotwein ins Glas; »daß auch ohne den Hinzutritt des Geelmaack und seines wilden Gebarens alles gekommen wäre, wie es gekommen ist?«

»Das wohl nicht«, sagte der Konsul gedankenvoll und ohne sich an eine bestimmte Person zu wenden. »Aber ich glaube, daß Dietrich Ratenkamp sich notwendig und unvermeidlich mit Geelmaack verbinden mußte, damit das Schicksal erfüllt würde ... Er muß unter dem Druck einer unerbittlichen Notwendigkeit gehandelt haben ... Ach, ich bin überzeugt, daß er das Treiben seines Associés halb und halb gekannt hat, daß er auch über die Zustände in seinem Lager nicht so vollständig unwissend war. Aber er war erstarrt ...«

»Na, assez, Jean«, sagte der alte Buddenbrook und legte seinen Löffel aus der Hand. »Das ist so eine von deinen idées ...«

Der Konsul hob mit einem zerstreuten Lächeln sein Glas seinem Vater entgegen. Lebrecht Kröger aber sprach:

»Nein, halten wir es nun mit der fröhlichen Gegenwart!«

Er faßte dabei vorsichtig und elegant den Hals seiner Weißwein-Bouteille, auf deren Pfropfen ein kleiner silberner Hirsch stand, legte sie ein wenig auf die Seite und prüfte aufmerksam das Etikette. »C. F. Köppen«, las er und nickte dem Weinhändler zu; »ach ja, was wären wir ohne Sie!«

Die Meißener Teller mit Goldrand wurden gewechselt, wobei Madame Antoinette die Bewegungen der Mädchen scharf beobachtete, und Mamsell Jungmann rief Anordnungen in den Schalltrichter des Sprachrohrs hinein, das den Eßsaal mit der Küche verband. Es wurde der Fisch herumgereicht, und während Pastor Wunderlich sich mit Vorsicht bediente, sagte er:

»Diese fröhliche Gegenwart ist immerhin nicht so ganz selbstverständlich. Die jungen Leute, die sich hier jetzt mit uns Alten freuen, denken wohl nicht daran, daß es jemals anders gewesen sein könnte ... Ich darf sagen, daß ich an den Schicksalen unserer Buddenbrooks nicht selten persönlichen Anteil genommen habe ... Immer, wenn ich diese Dinge vor Augen habe« – und er wandte sich an Madame Antoinette, indem er einen der schweren silbernen Löffel vom Tische nahm –, »muß ich denken, ob sie nicht zu den Stücken gehören, die Anno sechs unser Freund, der Philosoph Lenoir, Sergeant Seiner Majestät des Kaisers Napoléon, in Händen hatte ... und erinnere mich unserer Begegnung in der Alfastraße, Madame ...«

Madame Buddenbrook blickte mit einem halb verlegenen, halb erinnerungsschweren Lächeln vor sich nieder.

Tom und Tony, dort unten, die keinen Fisch essen mochten und dem Gespräch der großen Leute aufmerksam gefolgt waren, riefen beinahe einstimmig herauf: »Ach ja, erzählen Sie, Großmama!« Aber der Pastor, der wußte, daß sie es nicht liebte, von diesem für sie ein wenig peinlichen Vorfall selbst zu berichten, begann statt ihrer noch einmal mit der alten kleinen Geschichte, auf welche die Kinder gern zum hundertsten Male gehorcht hätten, und die vielleicht einem oder dem anderen noch unbekannt war ...

»Kurz und gut, man figuriere sich: Es ist ein Novembernachmittag, kalt und regnicht, daß Gott erbarm', ich komme von einem Amtsgeschäft die Alfastraße hinauf und denke der schlimmen Zeiten. Fürst Blücher war fort, die Franzosen waren in der Stadt, aber von der herrschenden Erregung merkte man wenig. Die Straßen lagen still, die Leute saßen in ihren Häusern und hüteten sich. Schlachtermeister Prahl, der mit den Händen in den Hosentaschen vor seiner Tür gestanden und mit seiner dröhnendsten Stimme gesagt hatte: ›Dat is je denn doch woll zu arg, is dat je denn doch woll –!‹ war einfach, bauz, vor den Kopf geknallt worden ... Nun, ich denke: Du willst einmal zu Buddenbrooks hineinsehen, ein Zuspruch könnte willkommen sein; der Mann liegt mit der Kopfrose, und Madame wird mit der Einquartierung zu schaffen haben.

Da, im nämlichen Moment, wen sehe ich mir entgegenkommen? Unsere allverehrte Madame Buddenbrook. Allein in welcher Verfassung? Sie eilt ohne Hut durch den Regen, sie hat kaum einen Schal um die Schultern geworfen, sie stürzt mehr, als sie geht, und ihre coiffure ist eine komplette Wirrnis . . . Nein, das ist wahr, Madame! es war kaum noch die Rede von einer coiffure.

›Welch angenehme surprise!‹ sage ich und erlaube mir, sie, die mich gar nicht sieht, am Ärmel zu halten, denn mir schwant nichts Gutes . . . ›Wohin doch so schnell, meine Liebe?‹ Sie bemerkt mich, sie blickt mich an, sie stößt hervor: ›Sind Sie's . . . leben Sie wohl! Alles ist zu Ende! Ich gehe hinunter in die Trave!‹

›Behüte!‹ sage ich und fühle, wie ich weiß werde. ›Das ist der Ort nicht für Sie, meine Liebe! Was ist aber passiert?‹ Und ich halte sie so fest, als der Respekt es zuläßt. ›Was passiert ist?‹ ruft sie und zittert. ›Sie sind über dem Silberzeug, Wunderlich! Das ist passiert! Und Jean liegt mit der Kopfrose und kann mir nicht helfen! Und er könnte auch nicht helfen, wäre er auf den Beinen! Sie stehlen meine Löffel, meine silbernen Löffel, das ist passiert, Wunderlich, und ich gehe in die Trave!‹

Nun, ich halte unsere Freundin, ich sage, was man sagt in solchen Fällen, ›Courage‹, sagte ich, ›Liebste!‹ und ›Alles wird gut werden!‹ und ›Wir wollen reden mit den Leuten, fassen Sie sich, ich beschwöre Sie, und gehen wir!‹ Und ich führe sie die Straße hinauf in ihr Haus. Im Eßzimmer droben finden wir die Miliz, wie Madame sie verlassen, an die zwanzig Mann hoch, die sich mit der großen Truhe abgeben, wo das Silberzeug liegt.

›Mit wem von Ihnen kann ich Rücksprache nehmen‹, fragte ich höflich, ›meine Herren?‹ Nun, man fängt an zu lachen und ruft: ›Mit uns allen, Papa!‹ Dann aber tritt einer vor und präsentiert sich, ein Mensch, der lang ist wie ein

Baum, mit einem schwarz gewichsten Schnauzbart und großen roten Händen, die aus den betreßten Aufschlägen heraussehen. ›Lenoir‹, sagt er und salutiert mit der Linken, denn in der Rechten hält er ein Bündel von fünf oder sechs silbernen Löffeln, ›Lenoir, Sergeant. Was wünscht der Herr?‹

›Herr Offizier!‹ sage ich und ziele auf den point d'honneur. ›Sollte die Beschäftigung mit diesen Dingen sich mit Ihrer glänzenden Charge vereinbaren? . . . Die Stadt hat sich dem Kaiser nicht verschlossen . . .‹ – ›Was wollen Sie?‹ antwortet er. ›Das ist der Krieg! Die Leute benötigen dergleichen Geschirr . . .‹

›Sie sollten Rücksicht nehmen‹, unterbrach ich ihn, denn mir kommt ein Gedanke. ›Diese Dame‹, sage ich, denn was sagt man nicht in solcher Lage, ›die Herrin des Hauses, sie ist nicht etwa eine Deutsche, sie ist beinahe Ihre Landsmännin, sie ist eine Französin . . .‹ – ›Wie, eine Französin?‹ wiederholte er. Und was glauben Sie, daß dieser lange Haudegen hinzufügt? – ›Eine Emigrantin also?‹ sagt er. ›Aber dann ist sie eine Feindin der Philosophie!‹

Ich bin baff, aber ich verschlucke mein Lachen. ›Sie sind‹, sage ich, ›ein Mann von Kopf, wie ich sehe. Ich wiederhole, daß es mir Ihrer nicht würdig scheint, sich mit diesen Dingen zu befassen!‹ – Er schweigt einen Augenblick, dann aber, plötzlich, wird er rot, er wirft seine sechs Löffel in die Truhe und ruft: ›Aber wer sagt Ihnen denn, daß ich etwas anderes mit diesen Dingen beabsichtigte, als sie ein wenig zu betrachten?! Hübsche Sachen, das! Wenn einer oder der andere der Leute ein Stück als Souvenir mit sich nehmen sollte . . .‹

Nun, sie haben immerhin noch genug Souvenirs mit sich genommen, da half keine Berufung auf menschliche oder göttliche Gerechtigkeit ... Sie kannten wohl keinen anderen Gott als diesen fürchterlichen kleinen Menschen ...«

*

»Sie haben ihn gesehen, Herr Pastor?« –

Die Teller wurden aufs neue gewechselt. Ein kolossaler, ziegelroter, panierter Schinken erschien, geräuchert, gekocht, nebst brauner, säuerlicher Schalottensauce und solchen Mengen von Gemüsen, daß alle aus einer einzigen Schüssel sich hätten sättigen können. Lebrecht Kröger übernahm das Tranchieren. Die Ellenbogen in legerer Weise erhoben, die langen Zeigefinger gerade auf den Rücken von Messer und Gabel ausgestreckt, schnitt er mit Bedacht die saftigen Stücke hinunter. Auch das Meisterwerk der Konsulin Buddenbrook, der ›Russische Topf‹, ein prickelnd und spirituös schmeckendes Gemisch konservierter Früchte, wurde gereicht. –

Nein, Pastor Wunderlich bedauerte, Bonaparte niemals zu Gesichte bekommen zu haben. Der alte Buddenbrook aber sowohl wie Jean Jacques Hoffstede hatten ihn von Angesicht zu Angesicht gesehen; ersterer zu Paris unmittelbar vor der russischen Kampagne, gelegentlich einer Parade im Schloßhofe der Tuilerien, letzterer zu Danzig ...

»Gott, nein, er sah nicht gemütlich aus«, sagte er, indem er einen Bissen von Schinken, Rosenkohl und Kartoffeln, den er auf seiner Gabel komponiert, mit erhobenen Brauen in den Mund schob. »Übrigens soll er sich ganz heiter benommen haben, in Danzig. Man erzählte sich damals einen Scherz ... Er hasardierte den ganzen Tag mit den Deutschen, und zwar nicht eben harmlos, abends aber spielte er mit seinen Generälen. ›N'est-ce pas, Rapp‹, sagte er und griff eine Handvoll Gold vom Tische, ›les Allemands aiment beaucoup ces petits Napoléons?‹ – ›Oui, Sire, plus que le Grand!‹ antwortete Rapp ...«

In der allgemeinen Heiterkeit, die laut wurde – denn Hoffstede hatte die Anekdote hübsch erzählt und sogar ein wenig das Mienenspiel des Kaisers markiert –, sagte der alte Buddenbrook:

»Na, ungescherzt, allen Respekt übrigens vor seiner persönlichen Großheit ... Was für eine Natur!«

Der Konsul schüttelte ernsthaft den Kopf.

»Nein, nein, wir Jüngeren verstehen nicht mehr die Verehrungswürdigkeit des Mannes, der den Herzog von Enghien ermordete, der in Ägypten die achthundert Gefangenen niedermetzelte ...«

»Das alles ist möglicherweise übertrieben und gefälscht«, sagte Pastor Wunderlich. »Der Herzog mag ein leichtsinniger und aufrührerischer Herr gewesen sein, und was die Gefangenen betrifft, so war ihre Exekution wahrscheinlich der wohlerwogene und notwendige Beschluß eines korrekten Kriegsrates ...« Und er erzählte von einem Buche, das vor einigen Jahren erschienen war und das er gelesen hatte, das Werk eines Sekretärs des Kaisers, das volle Aufmerksamkeit verdiene ...

»Gleichviel«, beharrte der Konsul, indem er eine Kerze

putzte, die im Armleuchter vor ihm flackerte. »Ich begreife es nicht, ich begreife nicht die Bewunderung für diesen Unmenschen! Als christlicher Mann, als Mensch von religiösem Empfinden finde ich in meinem Herzen keinen Raum für ein solches Gefühl.«

Sein Gesicht hatte einen stillen und schwärmerischen Ausdruck angenommen, ja, er hatte sogar den Kopf ein wenig auf die Seite gelegt – während es wahrhaftig aussah, als ob sein Vater und Pastor Wunderlich einander ganz leise zulächelten.

»Ja, ja«, schmunzelte Johann Buddenbrook, »aber die kleinen Napoléons waren nicht übel, was? Mein Sohn schwärmt mehr für Louis Philipp«, fügte er hinzu.

»Schwärmt?« wiederholte Jean Jacques Hoffstede ein bißchen mokant ... »Eine kuriose Zusammenstellung! Philipp Egalité und schwärmen ...«

»Nun, mich dünkt, daß wir von der Juli-Monarchie bei Gott eine Menge zu lernen haben ...« Der Konsul sprach ernst und eifrig. »Das freundliche und hilfreiche Verhältnis des französischen Konstitutionalismus zu den neuen praktischen Idealen und Interessen der Zeit ... ist etwas so überaus Dankenswertes ...«

»Praktische Ideale ... na, ja ...« Der alte Buddenbrook spielte während einer Pause, die er seinen Kinnladen gönnte, mit seiner goldenen Dose. »Praktische Ideale ... nee, ich bin da gar nich für!« Er verfiel vor Verdruß in den Dialekt. »Da schießen nun die gewerblichen Anstalten und die technischen Anstalten und die Handelsschulen aus der Erde, und das Gymnasium und die klassische Bildung sind plötzlich Bêtisen, und alle Welt denkt an nichts als Bergwerke . . . und Industrie . . . und Geldverdienen . . . Brav, das alles, höchst brav! Aber ein bißchen stupide, von der anderen Seite, so auf die Dauer – wie? Ich weiß nicht, warum es mir ein Affront ist . . . ich habe nichts gesagt, Jean . . . die Juli-Monarchie ist eine gute Sache . . .«

Senator Langhals aber sowohl wie Grätjens und Köppen standen dem Konsul zur Seite . . . Ja, wahrhaftig, vor der französischen Regierung und den gleichaltrigen Bestrebungen in Deutschland müsse man die größte Achtung haben . . . Herr Köppen sagte wieder »Achung«. – Er war noch viel röter geworden während des Speisens und schnob vernehmlich; Pastor Wunderlichs Gesicht aber blieb weiß, fein und aufgeweckt, obgleich er in aller Behaglichkeit ein Glas nach dem andern trank.

Die Kerzen brannten langsam, langsam hinunter und ließen dann und wann, wenn ihre Flammen im Luftzuge zur Seite flackerten, einen feinen Wachsgeruch über die Tafel hinwehen.

Man saß auf hochlehnigen, schweren Stühlen, speiste mit schwerem Silbergerät schwere, gute Sachen, trank schwere, gute Weine dazu und sagte seine Meinung. Man war bald bei den Geschäften und verfiel unwillkürlich mehr und mehr dabei in den Dialekt, in diese behaglich schwerfällige Ausdrucksweise, die kaufmännische Kürze sowohl wie wohlhabende Nachlässigkeit an sich zu haben schien und die hie und da mit gutmütiger Selbstironie übertrieben wurde. Man sagte nicht: »an der Börse«, man sagte ganz einfach: »an Börse« . . . wobei man zum Überfluß das r wie ein kurzes ä aussprach und ein wohlgefälliges Gesicht dazu machte.

Die Damen waren dem Disput nicht lange gefolgt. Madame Kröger führte bei ihnen das Wort, indem sie in der appetitlichsten Art die beste Manier auseinandersetzte, Karpfen in Rotwein zu kochen ... »Wenn sie in ordentliche Stücken zerschnitten sind, Liebe, dann mit Zwiebeln und Nelken und Zwieback in die Kasserolle, und dann kriegen Sie sie mit etwas Zucker und einem Löffel Butter zu Feuer ... Aber nicht waschen, Liebste, alles Blut mitnehmen, um Gottes willen ...«

Der alte Kröger ließ die angenehmsten Scherze einfließen. Konsul Justus, sein Sohn, aber, der neben Doktor Grabow weiter unten in der Nähe der Kinder saß, hatte mit Mamsell Jungmann ein neckisches Gespräch angeknüpft; sie kniff ihre braunen Augen zusammen und hielt nach ihrer Gewohnheit Messer und Gabel gerade empor, indem sie sie leicht hin und her bewegte. Selbst Oeverdiecks waren ganz laut und lebendig geworden. Die alte Konsulin hatte ein neues Kosewort für ihren Gatten erfunden: »Du gutes Schnuckeltier!« sagte sie und schüttelte ihre Haube vor Herzlichkeit.

Das Gespräch floß in einen Gegenstand zusammen, als Jean Jacques Hoffstede auf sein Lieblingsthema zu sprechen kam, auf die italienische Reise, die er vor fünfzehn Jahren mit einem reichen Hamburger Verwandten gemacht hatte. Er erzählte von Venedig, Rom und dem Vesuv, er sprach von der Villa Borghese, wo der verstorbene Goethe einen Teil seines ›Faust‹ geschrieben habe, er schwärmte von Renaissance-Brunnen, die Kühlung spendeten, von wohlbeschnittenen Alleen, in denen es sich so angenehm lustwandeln lasse, und jemand erwähnte des großen, verwilderten Gartens, den Buddenbrooks gleich hinter dem Burgtore besaßen . . .

»Ja, meiner Treu!« sagte der Alte. »Ich ärgere mich noch immer, daß ich mich seinerzeit nicht resolvieren konnte, ihn ein bißchen menschlich herrichten zu lassen! Ich bin kürzlich mal wieder hindurchgegangen – es ist eine Schande, dieser Urwald! Welch nett Besitztum, wenn das Gras gepflegt, die Bäume hübsch kegel- und würfelförmig beschnitten wären . . .«

Der Konsul aber protestierte mit Eifer.

»Um Gottes willen, Papa –! Ich ergehe mich sommers dort gern im Gestrüpp; aber alles wäre mir verdorben, wenn die schöne, freie Natur so kläglich zusammengeschnitten wäre . . .«

»Aber wenn die freie Natur doch mir gehört, habe ich da zum Kuckuck nicht das Recht, sie nach meinem Belieben herzurichten . . .«

»Ach Vater, wenn ich dort im hohen Grase unter dem wuchernden Gebüsch liege, ist es mir eher, als gehörte ich der Natur und als hätte ich nicht das mindeste Recht über sie . . .«

»Krischan, freet mi nich tau veel«, rief plötzlich der alte Buddenbrook, »Thilda, der schadt es nichts . . . packt ein wie söben Drescher, die Dirn . . .«

Und wahrhaftig, es war zum Erstaunen, welche Fähigkeiten dieses stille, magere Kind mit dem langen, ältlichen

Gesicht beim Essen entwickelte. Sie hatte auf die Frage, ob sie zum zweiten Male Suppe wünsche, gedehnt und demütig geantwortet: »J-a-bit-te!« Sie hatte sich vom Fisch wie vom Schinken zweimal je zwei der größten Stücke nebst starken Haufen von Zutaten gewählt, sorgsam und kurzsichtig über den Teller gebeugt, und sie verzehrte alles, ohne Überhastung, still und in großen Bissen. Auf die Worte des alten Hausherrn antwortete sie nur langgezogen, freundlich, verwundert und einfältig: »Gott – On-kel?« Sie ließ sich nicht einschüchtern, sie aß, ob es auch nicht anschlug und ob man sie verspottete, mit dem instinktmäßig ausbeutenden Appetit der armen Verwandten am reichen Freitische, lächelte unempfindlich und bedeckte ihren Teller mit guten Dingen, geduldig, zäh, hungrig und mager.

Nun kam, in zwei großen Kristallschüsseln, der ›Plettenpudding‹, ein schichtweises Gemisch aus Makronen, Himbeeren, Biskuits und Eiercreme; am unteren Tischende aber begann es aufzuflammen, denn die Kinder hatten ihren Lieblings-Nachtisch, den brennenden Plumpudding bekommen.

»Thomas, mein Sohn, sei mal so gut«, sprach Johann Buddenbrook und zog sein großes Schlüsselbund aus der Beinkleidtasche. »Im zweiten Keller rechts, das zweite Fach, hinter dem roten Bordeaux, zwei Bouteillen, du?« Und Thomas, der sich auf solche Aufträge verstand, lief fort und kam wieder mit den ganz verstaubten und umsponnenen Flaschen. Kaum aber war aus dieser unscheinbaren Hülle der goldgelbe, traubensüße alte Malvasier in die kleinen Dessertweingläser geflossen, als der Augenblick gekommen war, da Pastor Wunderlich sich erhob und, während das Gespräch verstummte, das Glas in der Hand, in angenehmen Wendungen zu toasten begann. Er sprach, den Kopf ein wenig zur Seite geneigt, ein feines und spaßhaftes Lächeln auf seinem weißen Gesicht und die freie Hand in zierlichen kleinen Gesten bewegend, in dem freien und behaglichen Plauderton, den er auch auf der Kanzel innezuhalten liebte ... »Und wohlan, so lassen Sie sich denn belieben, meine wackeren Freunde, ein Glas dieses artigen Tropfens mit mir zu leeren auf die Wohlfahrt unserer vielgeehrten Wirte in ihrem neuen, so prächtigen Heim, – auf die Wohlfahrt der Familie Buddenbrook, der anwesenden sowohl wie der abwesenden Mitglieder ... vivant hoch!«

›Die abwesenden Mitglieder?‹ dachte der Konsul, während er sich vor den Gläsern verbeugte, die man ihm entgegenhob. ›Sind damit nur die in Frankfurt und vielleicht die Duchamps in Hamburg gemeint, oder hat der alte Wunderlich seine Hintergedanken ...?‹ Er stand auf, um sein Glas an das seines Vaters klingen zu lassen, indem er ihm herzlich in die Augen blickte.

Nun aber kam der Makler Grätjens von seinem Stuhle empor, und das nahm Zeit in Anspruch; als es aber ein Ende genommen hatte, da widmete er mit seiner etwas kreischenden Stimme ein Glas der Firma ›Johann Buddenbrook‹ und ihrem ferneren Wachsen, Blühen und Gedeihen, zur Ehre der Stadt.

Und Johann Buddenbrook dankte für alle die freundlichen Worte, als Oberhaupt der Familie zum ersten und als älterer Chef des Handelshauses zum zweiten – und schickte Thomas nach einer dritten Bouteille Malvasier, denn die Berechnung hatte sich als falsch erwiesen, daß zwei genügen würden.

Auch Lebrecht Kröger sprach. Er erlaubte sich, sitzen zu bleiben dabei, weil das einen noch kulanteren Eindruck machte, und nur aufs gefälligste mit Kopf und Händen zu gestikulieren, während er seinen Trinkspruch den beiden Damen des Hauses, Madame Antoinette und der Konsulin, gelten ließ.

Als er aber geendet, als der Plettenpudding schon beinahe verspeist war und der Malvasier zur Neige ging, da erhob sich langsam, mit einem Räuspern und unter einem allgemeinen »Ah!« Herr Jean Jacques Hoffstede ... die Kinder, da unten, applaudierten geradezu vor Freude.

»Ja, excusez! ich konnte nicht umhin ...«, sprach er, wobei er leicht seine spitze Nase berührte und ein Papier aus der Rocktasche zog ... Ein tiefes Stillschweigen verbreitete sich im Saale.

Das Blatt, das er in Händen hielt, war allerliebst kunterbunt, und von einem Oval, das auf der Außenseite von roten Blumen und vielen goldenen Schnörkeln gebildet ward, verlas er die Worte:

»Gelegentlich der freundschaftlichen Teilnahme an dem frohen Einweihungsfeste des neuerworbenen Hauses mit der Familie Buddenbrook. Oktober 1835.«

Und dann wendete er und begann mit seiner schon etwas zitternden Stimme:

Hochverehrte! – Nicht versäumen
Darf es mein bescheiden Lied,
Euch zu nah'n in diesen Räumen,
Die der Himmel euch beschied.

Dir soll's, Freund im Silberhaare,
und der würd'gen Gattin dein,
Eurer Kinder trautem Paare
Freudevoll gewidmet sein!

Tüchtigkeit und zücht'ge Schöne
Sich vor unserem Blick verband, –
Venus Anadyomene
Und Vulcani fleiß'ge Hand.

Keine trübe Zukunft störe
Eures Lebens Fröhlichkeit,
Jeder neue Tag gewähre
Euch stets neue Seligkeit.

Freuen, ja unendlich freuen
Wird mich euer künftig Glück.
Ob ich oft den Wunsch erneuern
Werde, sagt euch itzt mein Blick.

Lebet wohl im prächt'gen Hause
Und behaltet wert und lieb
Den, der in geringer Klause
Heute diese Zeilen schrieb! –

Er verbeugte sich, und ein einmütiger, begeisterter Beifall brach los.

»Charmant, Hoffstede!« rief der alte Buddenbrook. »Dein Wohl! Nein, das war allerliebst!«

Als aber die Konsulin mit dem Dichter trank, färbte ein ganz feines Rot ihren zarten Teint, denn sie hatte wohl die artige Reverenz bemerkt, die er bei der »Venus Anadyomene« nach ihrer Seite vollführt hatte . . .

Aus

DER TOD IN VENEDIG

(Ein Spaziergang)

Gustav Aschenbach oder von Aschenbach, wie seit seinem fünfzigsten Geburtstag amtlich sein Name lautete, hatte an einem Frühlingsnachmittag des Jahres 19 . ., das unserem Kontinent monatelang eine so gefahrdrohende Miene zeigte, von seiner Wohnung in der Prinzregentenstraße zu München aus allein einen weiteren Spaziergang unternommen. Überreizt von der schwierigen und gefährlichen, eben jetzt eine höchste Behutsamkeit, Umsicht, Eindringlichkeit und Genauigkeit des Willens erfordernden Arbeit der Vormittagsstunden, hatte der Schriftsteller dem Fortschwingen des produzierenden Triebwerkes in seinem Innern, jenem »motus animi continuus«, worin nach Cicero das Wesen der Beredsamkeit besteht, auch nach der Mittagsmahlzeit nicht Einhalt zu tun vermocht und den entlastenden Schlummer nicht gefunden, der ihm, bei zunehmender Abnutzbarkeit seiner Kräfte, einmal untertags so nötig war. So hatte er bald nach dem Tee das Freie gesucht, in der Hoffnung, daß Luft und Bewegung ihn wiederherstellen und ihm zu einem ersprießlichen Abend verhelfen würden.

Es war Anfang Mai und, nach naßkalten Wochen, ein falscher Hochsommer eingefallen. Der Englische Garten, obgleich nur erst zart belaubt, war dumpfig wie im August und in der Nähe der Stadt voller Wagen und Spaziergänger gewesen. Beim Aumeister, wohin stillere und stillere Wege ihn geführt, hatte Aschenbach eine kleine Weile den volkstümlich belebten Wirtsgarten überblickt, an dessen Rand einige Droschken und Equipagen hielten, hatte von dort bei sinkender Sonne seinen Heimweg außerhalb des Parks über die offene Flur genommen und erwartete, da er sich müde fühlte und über Föhring Gewitter drohte, am Nördlichen Friedhof die Tram, die ihn in gerader Linie zur Stadt zurückbringen sollte.

Zufällig fand er den Halteplatz und seine Umgebung von Menschen leer. Weder auf der gepflasterten Ungererstraße, deren Schienengeleise sich einsam gleißend gegen Schwabing erstreckten, noch auf der Föhringer Chaussee war ein Fuhrwerk zu sehen; hinter den Zäunen der Steinmetzereien, wo zu Kauf stehende Kreuze, Gedächtnistafeln und Monumente ein zweites, unbehaustes Gräberfeld bilden, regte sich nichts, und das byzantinische Bauwerk der Aussegnungshalle gegenüber lag schweigend im Abglanz des scheidenden Tages. Ihre Stirnseite in lichten Farben geschmückt, weist überdies symmetrisch angeordnete Inschriften in Goldlettern auf, ausgewählte, das jenseitige Leben betreffende Schriftworte, wie etwa: »Sie gehen ein in die Wohnung Gottes« oder: »Das ewige Licht leuchte ihnen«; und der Wartende hatte während einiger Minuten eine ernste Zerstreuung darin gefunden, die Formeln abzulesen und sein geistiges Auge in ihrer durchscheinenden Mystik sich verlieren zu lassen, als er, aus seinen Träumereien zurückkehrend, im Portikus, oberhalb der beiden apokalyptischen Tiere, welche die Freitreppe bewachen, einen Mann bemerkte, dessen nicht ganz gewöhnliche Erscheinung seinen Gedanken eine völlig andere Richtung gab.

Ob er nun aus dem Innern der Halle durch das bronzene Tor hervorgetreten oder von außen unversehens heran und hinauf gelangt war, blieb ungewiß. Aschenbach, ohne sich sonderlich in die Frage zu vertiefen, neigte zur ersteren Annahme. Mäßig hochgewachsen, mager, bartlos und auffallend stumpfnäsig, gehörte der Mann zum rothaarigen Typ und besaß dessen milchige und sommersprossige Haut. Offenbar war er durchaus nicht bajuwarischen Schlages: wie denn wenigstens der breit und gerade gerandete Basthut, der ihm den Kopf bedeckte, seinem Aussehen ein Gepräge des Fremdländischen und Weitherkommenden verlieh. Freilich trug er dazu den landesüblichen Rucksack um die Schultern geschnallt, einen gelblichen Gurtanzug aus Lodenstoff, wie es schien, einen grauen Wetterkragen über dem linken Unterarm, den er in die Weiche gestützt hielt, und in der Rechten einen mit eiserner Spitze versehenen Stock, welchen er schräg gegen den Boden stemmte und auf dessen Krücke er, bei gekreuzten Füßen, die Hüfte lehnte. Erhobenen Hauptes, so daß an seinem hager dem losen Sporthemd entwachsenen Halse der Adamsapfel stark und nackt hervortrat, blickte er mit farblosen, rotbewimperten Augen, zwischen denen, sonderbar genug zu seiner kurz aufgeworfenen Nase passend, zwei senkrechte, energische Furchen standen, scharf spähend ins Weite. So – und vielleicht trug sein erhöhter und erhöhender Standort zu diesem Eindruck bei – hatte seine

Haltung etwas herrisch Überschauendes, Kühnes oder selbst Wildes; denn sei es, daß er, geblendet, gegen die untergehende Sonne grimassierte oder daß es sich um eine dauernde physiognomische Entstellung handelte: seine Lippen schienen zu kurz, sie waren völlig von den Zähnen zurückgezogen, dergestalt, daß diese, bis zum Zahnfleisch bloßgelegt, weiß und lang dazwischen hervorbleckten.

Wohl möglich, daß Aschenbach es bei seiner halb zerstreuten, halb inquisierten Musterung des Fremden an Rücksicht hatte fehlen lassen, denn plötzlich ward er gewahr, daß jener seinen Blick erwiderte, und zwar so kriegerisch, so gerade ins Auge hinein, so offenkundig gesonnen, die Sache aufs äußerste zu treiben und den Blick des andern zum Abzug zu zwingen, daß Aschenbach, peinlich berührt, sich abwandte und einen Gang die Zäune entlang begann, mit dem beiläufigen Entschluß, des Menschen nicht weiter achtzuhaben. Er hatte ihn in der nächsten Minute vergessen. Mochte nun aber das Wanderhafte in der Erscheinung des Fremden auf seine Einbildungskraft gewirkt haben oder sonst irgendein physischer oder seelischer Einfluß im Spiele sein: eine seltsame Ausweitung seines Innern ward ihm ganz überraschend bewußt, eine Art schweifender Unruhe, ein jugendlich durstiges Verlangen in die Ferne, ein Gefühl, so lebhaft, so neu oder doch so längst entwöhnt und verlernt, daß er, die Hände auf dem Rücken und den Blick am Boden, gefesselt stehen blieb, um die Empfindung auf Wesen und Ziel zu prüfen.

Es war Reiselust, nichts weiter; aber wahrhaft als Anfall auftretend und ins Leidenschaftliche, ja bis zur Sinnestäuschung gesteigert. Seine Begierde ward sehend, seine Einbildungskraft, noch nicht zur Ruhe gekommen seit den Stunden der Arbeit, schuf sich ein Beispiel für alle Wunder und Schrecken der mannigfaltigen Erde, die sie auf einmal sich vorzustellen bestrebt war: er sah, sah eine Landschaft, ein tropisches Sumpfgebiet unter dickdunstigem Himmel, feucht, üppig und ungeheuer, eine Art Urweltwildnis aus Inseln, Morästen und Schlamm führenden Wasserarmen, – sah aus geilem Farrengewucher, aus Gründen von fettem, gequollenem und abenteuerlich blühendem Pflanzenwerk haarige Palmenschäfte nah und fern emporstreben, sah wunderlich ungestalte Bäume ihre Wurzeln durch die Luft in den Boden, in stockende, grünschattig spiegelnde Fluten versenken, wo zwischen schwimmenden Blumen, die milchweiß und groß wie Schüsseln waren, Vögel von fremder Art, hochschultrig, mit unförmigen Schnäbeln, im Seichten standen und unbeweglich zur Seite blickten, sah zwischen den knotigen Rohrstämmen des Bambusdikkichts die Lichter eines kauernden Tigers funkeln – und fühlte sein Herz pochen vor Entsetzen und rätselhaftem Verlangen. Dann wich das Gesicht; und mit dem Kopfschütteln nahm Aschenbach seine Promenade an den Zäunen der Grabsteinmetzereien wieder auf.

Er hatte, zum mindesten seit ihm die Mittel zu Gebote gewesen waren, die Vorteile des Weltverkehrs beliebig zu genießen, das Reisen nicht anders als eine hygienische Maßregel betrachtet, die gegen Sinn und Neigung dann und wann hatte getroffen werden müssen. Zu beschäftigt mit den Aufgaben, welche sein Ich und die europäische

Seele ihm stellten, zu belastet von der Verpflichtung zur Produktion, der Zerstreuung zu abgeneigt, um zum Liebhaber der bunten Außenwelt zu taugen, hatte er sich durchaus mit der Anschauung begnügt, die jedermann, ohne sich weit aus seinem Kreise zu rühren, von der Oberfläche der Erde gewinnen kann, und war niemals auch nur versucht gewesen, Europa zu verlassen. Zumal seit sein Leben sich langsam neigte, seit seine Künstlerfurcht, nicht fertig zu werden, – diese Besorgnis, die Uhr möchte abgelaufen sein, bevor er das Seine getan und völlig sich selbst gegeben, nicht mehr als bloße Grille von der Hand zu weisen war, hatte sein äußeres Dasein sich fast ausschließlich auf die schöne Stadt, die ihm zur Heimat geworden, und auf den rauhen Landsitz beschränkt, den er sich im Gebirge errichtet und wo er die regnerischen Sommer verbrachte.

Auch wurde denn, was ihn da eben so spät und plötzlich angewandelt, sehr bald durch Vernunft und von jung auf geübte Selbstzucht gemäßigt und richtiggestellt. Er hatte beabsichtigt, das Werk, für welches er lebte, bis zu einem gewissen Punkte zu fördern, bevor er aufs Land übersiedelte, und der Gedanke einer Weltbummelei, die ihn auf Monate seiner Arbeit entführen würde, schien allzu locker und planwillig, er durfte nicht ernstlich in Frage kommen. Und doch wußte er nur zu wohl, aus welchem Grunde die Anfechtung so unversehens hervorgegangen war. Fluchtdrang war sie, daß er es sich eingestand, diese Sehnsucht ins Ferne und Neue, diese Begierde nach Befreiung, Entbürdung und Vergessen – der Drang hinweg vom Werke, von der Alltagsstätte eines starren, kalten und leidenschaftlichen Dienstes. Zwar liebte er ihn und liebte auch fast schon den entnervenden, sich täglich erneuernden Kampf zwischen seinem zähen und stolzen, so oft erprobten Willen und dieser wachsenden Müdigkeit, von der niemand wissen und die das Produkt auf keine Weise, durch kein Anzeichen des Versagens und der Laßheit verraten durfte. Aber verständig schien es, den Bogen nicht zu überspannen und ein so lebhaft ausbrechendes Bedürfnis nicht eigensinnig zu ersticken. Er dachte an seine Arbeit, dachte an die Stelle, an der er sie auch heute wieder, wie gestern schon, hatte verlassen müssen und die weder geduldiger Pflege noch einem raschen Handstreich sich fügen zu wollen schien. Er prüfte sie aufs neue, versuchte die Hemmung zu durchbrechen oder aufzulösen und ließ mit einem Schauder des Widerwillens vom Angriff ab. Hier bot sich keine außerordentliche Schwierigkeit, sondern was ihn lähmte, waren die Skrupel der Unlust, die sich als eine durch nichts mehr zu befriedigende Ungenügsamkeit darstellte. Ungenügsamkeit freilich hatte schon dem Jüngling als Wesen und innerste Natur des Talents gegolten, und um ihretwillen hatte er das Gefühl gezügelt und erkältet, weil er wußte, daß es geneigt ist, sich mit einem fröhlichen Ungefähr und mit einer halben Vollkommenheit zu begnügen. Rächte sich nun also die geknechtete Empfindung, indem sie ihn verließ, indem sie seine Kunst fürder zu tragen und zu beflügeln sich weigerte und alle Lust, alles Entzücken an der Form und am Ausdruck mit sich hinwegnahm? Nicht, daß er Schlechtes herstellte: dies wenigstens war der Vorteil seiner Jahre, daß er sich seiner Meisterschaft jeden Augenblick in Gelassenheit sicher fühlte. Aber er selbst, während die Nation sie ehrte, er ward ihrer nicht froh, und es schien ihm, als ermangle sein Werk jener Merkmale feurig spielender Laune, die ein Erzeugnis der Freude, mehr als irgendein innerer Gehalt, ein gewichtiger Vorzug, die Freude der genießenden Welt bildeten. Er fürchtete sich vor dem Sommer auf dem Lande, allein in dem kleinen Hause mit der Magd, die ihm das Essen bereitete, und dem Diener, der es ihm auftrug; fürchtete sich vor den vertrauten Angesichten der Berggipfel und -wände, die wiederum seine unzufriedene Langsamkeit umstehen würden. Und so tat denn eine Einschaltung not, etwas Stegreifdasein, Tagediebereien, Fernlust und Zufuhr neuen Blutes, damit der Sommer erträglich und ergiebig werde. Reisen also – er war es zufrieden. Nicht gar weit, nicht gerade bis zu den Tigern. Eine Nacht im Schlafwagen und eine Siesta von drei, vier Wochen an irgendeinem Allerweltsferienplatze im liebenswürdigen Süden . . .

So dachte er, während der Lärm der elektrischen Tram die Ungererstraße daher sich näherte, und einsteigend beschloß er, diesen Abend dem Studium von Karte und Kursbuch zu widmen. Auf der Plattform fiel ihm ein, nach dem Manne im Basthut, dem Genossen dieses immerhin folgereichen Aufenthaltes, Umschau zu halten. Doch wurde ihm dessen Verbleib nicht deutlich, da er weder an seinem vorherigen Standort, noch auf dem weiteren Halteplatz, noch auch im Wagen ausfindig zu machen war.

(Die Reise nach Venedig)

Mehrere Geschäfte weltlicher und literarischer Natur hielten den Reiselustigen noch etwa zwei Wochen nach jenem Spaziergang in München zurück. Er gab endlich Auftrag, sein Landhaus binnen vier Wochen zum Einzuge instandzusetzen, und reiste an einem Tage zwischen Mitte und Ende Mai mit dem Nachtzuge nach Triest, wo er nur vierundzwanzig Stunden verweilte und sich am nächstfolgenden Morgen nach Pola einschiffte.

Was er suchte, war das Fremdartige und Bezuglose, welches jedoch rasch zu erreichen wäre, und so nahm er Aufenthalt auf einer seit einigen Jahren gerühmten Insel der Adria, unfern der istrischen Küste gelegen, mit farbig zerlumptem, in wildfremden Lauten redendem Landvolk und schön zerrissenen Klippenpartien dort, wo das Meer offen war. Allein Regen und schwere Luft, eine kleinweltliche, geschlossen österreichische Hotelgesellschaft und der Mangel jenes ruhevoll innigen Verhältnisses zum Meere, das nur ein sanfter, sandiger Strand gewährt, verdrossen ihn, ließen ihn nicht das Bewußtsein gewinnen, den Ort seiner Bestimmung getroffen zu haben; ein Zug seines Innern, ihm war noch nicht deutlich, wohin, beruhigte ihn, er studierte Schiffsverbindungen, er blickte suchend umher, und auf einmal, zugleich überraschend und selbstverständlich, stand ihm sein Ziel vor Augen. Wenn man über Nacht das Unvergleichliche, das märchenhaft Abweichende zu erreichen wünschte, wohin ging man? Aber das war klar. Was sollte er hier? Er war fehlgegangen. Dorthin hatte er reisen wollen. Er säumte nicht, den irrigen Aufenthalt zu kündigen. Anderthalb Wochen nach seiner Ankunft auf der Insel trug ein geschwindes Motorboot ihn und sein Gepäck in dunstiger Frühe über die Wasser in den Kriegshafen zurück, und er ging dort nur an Land, um sorglich über einen Brettersteg das feuchte Verdeck eines Schiffes zu beschreiten, das unter Dampf zur Fahrt nach Venedig lag.

Es war ein behagliches Fahrzeug italienischer Nationalität, veraltet, rußig und düster. In einer höhlenartigen, künstlich erleuchteten Koje des inneren Raumes, wohin Aschenbach sofort nach Betreten des Schiffes von einem buckligen und unreinlichen Matrosen mit grinsender Höflichkeit genötigt wurde, saß hinter einem Tische, den Hut schief in der Stirn und einen Zigarettenstummel im Mundwinkel, ein ziegenbärtiger Mann von der Physiognomie eines altmodischen Zirkusdirektors, der mit grimassenhaft leichtem Geschäftsgebaren die Personalien der Reisenden aufnahm und ihnen die Fahrscheine ausstellte. »Nach Venedig!« wiederholte er Aschenbachs Ansuchen, indem er den Arm reckte und die Feder in den breiigen Restinhalt eines schräggeneigten Tintenfasses stieß. »Nach Venedig erster Klasse! Sie sind bedient, mein Herr!« Und er schrieb große Krähenfüße, streute aus einer Büchse blauen Sand auf die Schrift, ließ ihn in eine tönerne Schale ablaufen, faltete das Papier mit gelben und knochigen Fingern und schrieb aufs neue. »Ein glücklich gewähltes Reiseziel!«

schwatzte er unterdessen. »Ah, Venedig! Eine herrliche Stadt! Eine Stadt von unwiderstehlicher Anziehungskraft für den Gebildeten, ihrer Geschichte sowohl wie ihrer gegenwärtigen Reize wegen!« Die glatte Raschheit seiner Bewegungen und das leere Gerede, womit er sie begleitete, hatten etwas Betäubendes und Ablenkendes, etwa als besorgte er, der Reisende möchte in seinem Entschluß, nach Venedig zu fahren, noch wankend werden. Er kassierte eilig und ließ mit Croupiergewandtheit den Differenzbetrag auf den fleckigen Tuchbezug des Tisches fallen. »Gute Unterhaltung, mein Herr!« sagte er mit schauspielerischer Verbeugung. »Es ist mir eine Ehre, Sie zu befördern ... Meine Herren!« rief er sogleich mit erhobenem Arm und tat, als sei das Geschäft im flottesten Gange, obgleich niemand mehr da war, der nach Abfertigung verlangt hätte. Aschenbach kehrte auf das Verdeck zurück.

Einen Arm auf die Brüstung gelehnt, betrachtete er das müßige Volk, das, der Abfahrt des Schiffes beizuwohnen, am Quai lungerte, und die Passagiere an Bord. Diejenigen der zweiten Klasse kauerten, Männer und Weiber, auf dem Vorderdeck, indem sie Kisten und Bündel als Sitze benutzten. Eine Gruppe junger Leute bildete die Reisegesellschaft des ersten Verdecks, Polesaner Handelsgehilfen, wie es schien, die sich in angeregter Laune zu einem Ausfluge nach Italien vereinigt hatten. Sie machten nicht wenig Aufhebens von sich und ihrem Unternehmen, schwatzten, lachten, genossen selbstgefällig das eigene Gebärdenspiel und riefen den Kameraden, die Portefeuilles unterm Arm, in Geschäften die Hafenstraße entlang gingen und den

Feiernden mit dem Stöckchen drohten, über das Geländer gebeugt, zungengeläufige Spottreden nach. Einer, in hellgelbem, übermodisch geschnittenem Sommeranzug, roter Krawatte und kühn aufgebogenem Panama, tat sich mit krähender Stimme an Aufgeräumtheit vor allen andern hervor. Kaum aber hatte Aschenbach ihn ein wenig genauer ins Auge gefaßt, als er mit einer Art von Entsetzen erkannte, daß der Jüngling falsch war. Er war alt, man konnte nicht zweifeln. Runzeln umgaben ihm Augen und Mund. Das matte Karmesin der Wangen war Schminke, das braune Haar unter dem farbig umwundenen Strohhut Perücke, sein Hals verfallen und sehnig, sein aufgesetztes Schnurrbärtchen und die Fliege am Kinn gefärbt, sein gelbes und vollzähliges Gebiß, das er lachend zeigte, ein billiger Ersatz, und seine Hände, mit Siegelringen an beiden Zeigefingern, waren die eines Greises. Schauerlich angemutet sah Aschenbach ihm und seiner Gemeinschaft mit den Freunden zu. Wußten, bemerkten sie nicht, daß er alt war, daß er zu Unrecht ihre stutzerhafte und bunte Kleidung trug, zu Unrecht einen der ihren spielte? Selbstverständlich und gewohnheitsmäßig, wie es schien, duldeten sie ihn in ihrer Mitte, behandelten ihn als ihresgleichen, erwiderten ohne Widerwillen seine neckischen Rippenstöße. Wie ging das zu? Aschenbach bedeckte seine Stirn mit der Hand und schloß die Augen, die heiß waren, da er zu wenig geschlafen hatte. Ihm war, als lasse nicht alles sich ganz gewöhnlich an, als beginne eine träumerische Entfremdung, eine Entstellung der Welt ins Sonderbare um sich zu greifen, der vielleicht Einhalt zu tun wäre, wenn er sein Gesicht ein wenig verdunkelte und aufs neue um sich schaute. In diesem Augenblick jedoch berührte ihn das Gefühl des Schwimmens, und mit unvernünftigem Erschrecken aufsehend, gewahrte er, daß der schwere und düstere Körper des Schiffes sich langsam vom gemauerten Ufer löste. Zollweise, unter dem Vorwärts- und Rückwärtsarbeiten der Maschine, verbreiterte sich der Streifen schmutzig schillernden Wassers zwischen Quai und Schiffswand, und nach schwerfälligen Manövern kehrte der Dampfer seinen Bugspriet dem offenen Meere zu. Aschenbach ging nach der Steuerbordseite hinüber, wo der Bucklige einen Liegestuhl aufgeschlagen hatte und ein Steward in fleckigem Frack nach seinen Befehlen fragte.

Der Himmel war grau, der Wind feucht. Hafen und Inseln waren zurückgeblieben, und rasch verlor sich aus dem dunstigen Gesichtskreise alles Land. Flocken von Kohlenstaub gingen, gedunsen von Nässe, auf das gewaschene Deck nieder, das nicht trocknen wollte. Schon nach einer Stunde spannte man ein Segeldach aus, da es zu regnen begann.

In seinen Mantel geschlossen, ein Buch im Schoße, ruhte der Reisende, und die Stunden verrannen ihm unversehens. Es hatte zu regnen aufgehört; man entfernte das leinene Dach. Der Horizont war vollkommen. Unter der trüben Kuppel des Himmels dehnte sich rings die ungeheure Scheibe des öden Meeres. Aber im leeren, im ungegliederten Raume fehlt unserem Sinn auch das Maß der Zeit, und wir dämmern im Ungemessenen. Schattenhaft sonderbare Gestalten, der greise Geck, der Ziegenbart aus dem Schiffsinnern, gingen mit unbestimmten Gebärden, mit verwirrten Traumworten durch den Geist des Ruhenden, und er schlief ein.

Um Mittag nötigte man ihn zur Kollation in den korridorartigen Speisesaal hinab, auf den die Türen der Schlafkojen mündeten und wo am Ende des langen Tisches, zu dessen Häupten er speiste, die Handelsgehilfen, einschließlich des Alten, seit zehn Uhr mit dem munteren Kapitän pokulierten. Die Mahlzeit war armselig, und er beendete sie rasch. Es trieb ihn ins Freie, nach dem Himmel zu sehen: ob er denn nicht über Venedig sich erhellen wollte.

Er hatte nicht anders gedacht, als daß dies geschehen müsse, denn stets hatte die Stadt ihn im Glanze empfangen. Aber Himmel und Meer blieben trüb und bleiern, zeitweilig ging neblichter Regen nieder, und er fand sich darein, auf dem Wasserwege ein anderes Venedig zu ereichen, als er, zu Lande sich nähernd, je angetroffen hatte. Er stand am Fockmast, den Blick im Weiten, das Land erwartend. Er gedachte des schwermütig-enthusiastischen Dichters, dem vormals die Kuppeln und Glockentürme seines Traumes aus diesen Fluten gestiegen waren, er wiederholte im stillen einiges von dem, was damals an Ehrfurcht, Glück und Trauer zu maßvollem Gesange geworden, und von schon gestalteter Empfindung mühelos bewegt, prüfte er sein ernstes und müdes Herz, ob eine neue Begeisterung und Verwirrung, ein spätes Abenteuer des Gefühles dem fahrenden Müßiggänger vielleicht noch vorbehalten sein könnte.

Da tauchte zur Rechten die flache Küste auf, Fischerboote belebten das Meer, die Bäderinsel erschien, der Dampfer ließ sie zur Linken, glitt verlangsamten Ganges durch den schmalen Port, der nach ihr benannt ist, und auf der Lagune, angesichts bunt armseliger Behausungen, hielt er ganz, da die Barke des Sanitätsdienstes erwartet werden mußte.

Eine Stunde verging, bis sie erschien. Man war angekommen und war es nicht; man hatte keine Eile und fühlte sich doch von Ungeduld getrieben. Die jungen Polesaner, patriotisch angezogen auch wohl von den militärischen Hornsignalen, die aus der Gegend der öffentlichen Gärten her über das Wasser klangen, waren auf Deck gekommen, und vom Asti begeistert, brachten sie Lebehochs auf die drüben exerzierenden Bersaglieri aus. Aber widerlich war es zu sehen, in welchem Zustand den aufgestutzten Greisen seine falsche Gemeinschaft mit der Jugend gebracht hatte. Sein altes Hirn hatte dem Weine nicht wie die jugendlich rüstigen standzuhalten vermocht, er war kläglich betrunken. Verblödeten Blicks, eine Zigarette zwischen den zitternden Fingern, schwankte er, mühsam das Gleichgewicht haltend, auf der Stelle, vom Rausche vorwärts und rückwärts gezogen. Da er beim ersten Schritte gefallen wäre, getraute er sich nicht vom Fleck, doch zeigte er einen jammervollen Übermut, hielt jeden, der sich ihm näherte, am Knopfe fest, lallte, zwinkerte, kicherte, hob seinen beringten runzeligen Zeigefinger zu alberner Nekkerei und leckte auf abscheulich zweideutige Art mit der Zungenspitze die Mundwinkel. Aschenbach sah ihm mit finsteren Brauen zu, und wiederum kam ein Gefühl von Benommenheit ihn an, als zeige die Welt eine leichte, doch nicht zu hemmende Neigung, sich ins Sonderbare und Fratzenhafte zu entstellen: ein Gefühl, dem nachzuhängen freilich die Umstände ihn abhielten, da eben die stampfende Tätigkeit der Maschine aufs neue begann und das Schiff seine so nah dem Ziel unterbrochene Fahrt durch den Kanal von San Marco wieder aufnahm.

So sah er ihn denn wieder, den erstaunlichsten Landungsplatz, jene blendende Komposition phantastischen Bauwerks, welche die Republik den ehrfürchtigen Blicken nahender Seefahrer entgegenstellte, die leichte Herrlichkeit des Palastes und die Seufzerbrücke, die Säulen mit Löw' und Heiligem am Ufer, die prunkend vortretende Flanke des Märchentempels, den Durchblick auf Torweg und Riesenuhr, und aufschauend bedachte er, daß zu Lande, auf dem Bahnhof in Venedig anlangen einen Palast durch eine Hintertür betreten hieße, und daß man nicht anders, als wie nun er, als zu Schiff, als über das hohe Meer die unwahrscheinlichste der Städte erreichen sollte.

Die Maschine stoppte, Gondeln drängten herzu, die Fallreepstreppe ward hinabgelassen, Zollbeamte stiegen an Bord und walteten obenhin ihres Amtes; die Ausschiffung konnte beginnen. Aschenbach gab zu verstehen, daß er eine Gondel wünsche, die ihn und sein Gepäck zur Station jener kleinen Dampfer bringen solle, welche zwischen der Stadt und dem Lido verkehren; denn er gedachte am Meere Wohnung zu nehmen. Man billigt sein Vorhaben, man schreit seinen Wunsch zur Wasserfläche hinab, wo die

Gondelführer im Dialekt miteinander zanken. Er ist noch gehindert, hinabzusteigen, sein Koffer hindert ihn, der eben mit Mühsal die leiterartige Treppe hinuntergezerrt und geschleppt wird. So sieht er sich minutenlang außerstande, den Zudringlichkeiten des schauderhaften Alten zu entkommen, den die Trunkenheit dunkel antreibt, dem Fremden Abschiedshonneurs zu machen. »Wir wünschen den glücklichsten Aufenthalt«, meckert er unter Kratzfüßen. »Man empfiehlt sich geneigter Erinnerung! Au revoir, excusez und bon jour, Euer Excellenz!« Sein Mund wässert, er drückt die Augen zu, er leckt die Mundwinkel, und die gefärbte Bartfliege an seiner Greisenlippe sträubt sich empor. »Unsere Komplimente«, lallt er, zwei Fingerspitzen am Munde, »unsere Komplimente dem Liebchen, dem allerliebsten, dem schönsten Liebchen.« Und plötzlich fällt ihm das falsche Obergebiß vom Kiefer auf die Unterlippe. Aschenbach konnte entweichen. »Dem Liebchen, dem feinen Liebchen«, hörte er in girrenden, hohlen und behinderten Lauten in seinem Rücken, während er, am Strickgeländer sich haltend, die Fallreepstreppe hinabklomm.

Wer hätte nicht einen flüchtigen Schauder, eine geheime Scheu und Beklommenheit zu bekämpfen gehabt, wenn es zum ersten Male oder nach langer Entwöhnung galt, eine venezianische Gondel zu besteigen? Das seltsame Fahrzeug, aus balladesken Zeiten ganz unverändert überkommen und so eigentümlich schwarz, wie sonst unter allen Dingen nur Särge es sind, – es erinnert an lautlose und verbrecherische Abenteuer in plätschernder Nacht, es erinnert noch mehr an den Tod selbst, an Bahre und düsteres Begräbnis und letzte schweigsame Fahrt. Und man hat bemerkt, daß der Sitz einer solchen Barke, dieser sargschwarz lackierte, mattschwarz gepolsterte Armstuhl, der weichste, üppigste, der erschlaffendste Sitz von der Welt ist? Aschenbach wird es gewahr, als er zu Füßen des Gondoliers, seinem Gepäck gegenüber, das am Schnabel reinlich beisammen lag, sich niedergelassen hatte. Die Ruderer zankten immer noch; rauh, unverständlich, mit drohenden Gebärden. Aber die besondere Stille der Wasserstadt schien ihre Stimmen sanft aufzunehmen, zu entkörpern, über der Flut zu zerstreuen. Es war warm hier im Hafen. Lau angerührt vom Hauch des Scirocco, auf dem nachgiebigen Element in Kissen gelehnt, schloß der Reisende die Augen im Genusse einer so ungewohnten als süßen Lässigkeit. Die Fahrt wird kurz sein, dachte er; möchte sie immer währen! In leisem Schwanken fühlte er sich dem Gedränge, dem Stimmengewirr entgleiten.

Wie still und stiller es um ihn wurde! Nichts war zu vernehmen, als das Plätschern des Ruders, das hohle Aufschlagen der Wellen gegen den Schnabel der Barke, der steil, schwarz und an der Spitze hellebardenartig bewehrt über dem Wasser stand, und noch ein Drittes, ein Reden, ein Raunen, – das Flüstern des Gondoliers, der zwischen den Zähnen, stoßweise, in Lauten, die von der Arbeit seiner Arme gepreßt waren, zu sich selber sprach. Aschenbach blickte auf, und mit leichter Befremdung gewahrte er, daß um ihn her die Lagune sich weitete und seine Fahrt gegen das offene Meer gerichtet war. Es schien folglich, daß er nicht allzusehr ruhen dürfe, sondern auf den Vollzug seines Willens ein wenig bedacht sein müsse.

»Zur Dampferstation also«, sagte er mit einer halben Wendung rückwärts. Das Raunen verstummte. Er erhielt keine Antwort.

»Zur Dampferstation also!« wiederholte er, indem er sich vollends umwandte und in das Gesicht des Gondoliers emporblickte, der hinter ihm, auf erhöhtem Borde stehend, vor dem fahlen Himmel aufragte. Es war ein Mann von ungefälliger, ja brutaler Physiognomie, seemännisch blau gekleidet, mit einer gelben Schärpe gegürtet und einen formlosen Strohhut, dessen Geflecht sich aufzulösen begann, verwegen schief auf dem Kopfe. Seine Gesichtsbildung, sein blonder, lockiger Schnurrbart unter der kurz aufgeworfenen Nase ließen ihn durchaus nicht italienischen Schlages erscheinen. Obgleich eher schmächtig von Leibesbeschaffenheit, so daß man ihn für seinen Beruf nicht sonderlich geschickt geglaubt hätte, führte er das Ruder, bei jedem Schlage den ganzen Körper einsetzend, mit großer Energie. Ein paarmal zog er vor Anstrengung die Lippen zurück und entblößte seine weißen Zähne. Die rötlichen Brauen gerunzelt, blickte er über den Gast hinweg, indem er bestimmten, fast groben Tones erwiderte:

»Sie fahren zum Lido.«

Aschenbach entgegnete:

»Allerdings. Aber ich habe die Gondel nur genommen, um mich nach San Marco übersetzen zu lassen. Ich wünsche den Vaporetto zu benutzen.«

»Sie können den Vaporetto nicht benutzen, mein Herr.«

»Und warum nicht?«

»Weil der Vaporetto kein Gepäck befördert.«

Das war richtig; Aschenbach erinnerte sich. Er schwieg. Aber die schroffe, überhebliche, einem Fremden gegenüber so wenig landesübliche Art des Menschen schien unleidlich. Er sagte:

»Das ist meine Sache. Vielleicht will ich mein Gepäck in Verwahrung geben. Sie werden umkehren.«

Es blieb still. Das Ruder plätscherte, das Wasser schlug dumpf an den Bug. Und das Reden und Rauschen begann wieder: Der Gondolier sprach zwischen den Zähnen mit sich selbst.

Was war zu tun? Allein auf der Flut mit dem sonderbar unbotmäßigen, unheimlich entschlossenen Menschen, sah der Reisende kein Mittel, seinen Willen durchzusetzen. Wie weich er übrigens ruhen durfte, wenn er sich nicht empörte! Hatte er nicht gewünscht, daß die Fahrt lange, daß sie immer dauern möge? Es war das klügste, den Dingen ihren Lauf zu lassen, und es war hauptsächlich höchst angenehm. Ein Bann der Trägheit schien auszugehen von seinem Sitz, von diesem niedrigen, schwarzgepolsterten Armstuhl, so sanft gewiegt von den Ruderschlägen des eigenmächtigen Gondoliers in seinem Rücken. Die Vorstellung, einem Verbrecher in die Hände gefallen zu sein, streifte träumerisch Aschenbachs Sinne, – unvermögend seine Gedanken zu tätiger Abwehr aufzurufen. Verdrießlicher schien die Möglichkeit, daß alles auf simple Geldschneiderei angelegt sei. Eine Art von Pflichtgefühl oder Stolz, die Erinnerung gleichsam, daß man dem vorbeugen müsse, vermochte ihn, sich noch einmal aufzuraffen. Er fragte:

»Was fordern Sie für die Fahrt?«

Und über ihn hinsehend, antwortete der Gondolier:

»Sie werden bezahlen.«

Es stand fest, was hierauf zurückzugeben war. Aschenbach sagte mechanisch:

»Ich werde nichts bezahlen, durchaus nichts, wenn Sie mich fahren, wohin ich nicht will.«

»Sie wollen zum Lido.«

»Aber nicht mit Ihnen.«

»Ich fahre Sie gut.«

Das ist wahr, dachte Aschenbach und spannte sich ab. Das ist wahr, du fährst mich gut. Selbst wenn du es auf meine Barschaft abgesehen hast und mich hinterrücks mit einem Ruderschlage ins Haus des Aides schickst, wirst du mich gut gefahren haben.

Allein nichts dergleichen geschah. Sogar Gesellschaft stellte sich ein, ein Boot mit musikalischen Wegelagerern, Männern und Weibern, die zur Gitarre, zur Mandoline sangen, aufdringlich Bord an Bord mit der Gondel fuhren und die Stille über den Wassern mit ihrer gewinnsüchtigen Fremdenpoesie erfüllten. Aschenbach warf Geld in den hingehaltenen Hut. Sie schwiegen dann und fuhren davon. Und das Flüstern des Gondoliers ward wieder vernehmbar, der stoßweise und abgerissen mit sich selber sprach.

So kam man denn an, geschaukelt vom Kielwasser eines zur Stadt fahrenden Dampfers. Zwei Munizipalbeamte, die Hände auf dem Rücken, die Gesichter der Lagune zugewandt, gingen am Ufer auf und ab. Aschenbach verließ am Stege die Gondel, unterstützt von jenem Alten, der an jedem Landungsplatze Venedigs mit seinem Enterhaken zur Stelle ist; und da es ihm an kleinerem Gelde fehlte, ging er hinüber in das der Dampferbrücke benachbarte Hotel, um dort zu wechseln und den Ruderer nach Gutdünken abzulohnen. Er wird in der Halle bedient, er kehrt zurück, er findet sein Reisegut auf einem Karren am Quai, und Gondel und Gondoliere sind verschwunden.

»Er hat sich fortgemacht«, sagte der Alte mit dem Enterhaken. »Ein schlechter Mann, ein Mann ohne Konzession, gnädiger Herr. Er ist der einzige Gondolier, der keine Konzession besitzt. Die anderen haben hierher telephoniert. Er sah, daß er erwartet wurde. Da hat er sich fortgemacht.«

Aschenbach zuckte die Achseln.

»Der Herr ist umsonst gefahren«, sagte der Alte und hielt den Hut hin. Aschenbach warf Münzen hinein. Er gab Weisung, sein Gepäck ins Bäder-Hotel zu bringen und folgte dem Karren durch die Allee, die weißblühende Allee, welche Tavernen, Bazare, Pensionen zu beiden Seiten, quer über die Insel zum Strande läuft.

Er betrat das weitläufige Hotel von hinten, von der Gartenterrasse aus, und begab sich durch die große Halle in die Vorhalle ins Office. Da er angemeldet war, wurde er mit dienstfertigem Einverständnis empfangen. Ein Manager, ein kleiner, leiser, schmeichelnd höflicher Mann mit schwarzem Schnurrbart und in französisch geschnittenem Gehrock, begleitete ihn im Lift zum zweiten Stockwerk hinauf und wies ihm sein Zimmer an, einen angenehmen, in Kirschholz möblierten Raum, den man mit stark duftenden Blumen geschmückt hatte und dessen hohe Fenster die Aussicht aufs offene Meer gewährten. Er trat an eins davon, nachdem der Angestellte sich zurückgezogen, und während man hinter ihm das Gepäck hereinschaffte und im Zimmer unterbrachte, blickte er hinaus auf den nachmittäglichen menschenarmen Strand und die unbesonnte See, die Flutzeit hatte und niedrige, gestreckte Wellen in ruhigem Gleichtakt gegen das Ufer sandte.

Die Beobachtungen und Begegnisse des Einsam-Stummen sind zugleich verschwommener und eindringlicher, als die des Geselligen, seine Gedanken schwerer, wunderlicher und nie ohne einen Anflug von Traurigkeit. Bilder und Wahrnehmungen, die mit einem Blick, einem Lachen, einem Urteilsaustausch leichthin abzutun wären, beschäftigen ihn über Gebühr, vertiefen sich im Schweigen, werden bedeutsam, Erlebnis, Abenteuer, Gefühl. Einsamkeit zeitigt das Originale, das gewagt und befremdend Schöne, das Gedicht. Einsamkeit zeitigt aber auch das Verkehrte, das Unverhältnismäßige, das Absurde und Unerlaubte. – So beunruhigten die Erscheinungen der Herreise, der gräßliche alte Stutzer mit seinem Gefasel vom Liebchen, der verpönte, um seinen Lohn geprellte Gondolier, noch jetzt das Gemüt des Reisenden. Ohne der Vernunft Schwierigkeiten zu bieten, ohne eigentlich Stoff zum Nachdenken zu geben, waren sie dennoch grundsonderbar von Natur, wie es ihm schien, und beunruhigend wohl eben durch diesen Widerspruch. Dazwischen grüßte er das Meer mit den Augen und empfand Freude, Venedig in so leicht erreichbarer Nähe zu wissen. Er wandte sich endlich, badete sein Gesicht, traf gegen das Zimmermädchen einige Anordnungen zur Vervollständigung seiner Bequemlichkeit und ließ sich von dem grüngekleideten Schweizer, der den Lift bediente, ins Erdgeschoß hinunterfahren.

»Der Tod von Venedig« wurde 1912 beendet. Im Mai/Juni des gleichen Jahres reiste Thomas Mann nach Davos, um seine Frau, die, an einer Lungenaffektion erkrankt, in einem dortigen Sanatorium weilte, für drei Wochen zu besuchen. Die in dieser Zeit gewonnenen Eindrücke und Erlebnisse erweckten in Thomas Mann den Gedanken zu einem neuen Werk. »Die Erzählung, die ich plante – und die sofort den Titel »Der Zauberberg« erhielt –, sollte nichts weiter sein als ein humoristisches Gegenstück zum »Tod in Venedig«, ein Gegenstück auch dem Umfang nach, also eine nur etwas ausgedehnte short story. Sie war gedacht als ein Satyrspiel zu der tragischen Novelle, die ich eben beendete ... Das Ganze schien leicht und unterhaltsam zu machen und würde nicht viel Raum einnehmen.« Doch, so Thomas Mann weiter in seiner »Einführung in den Zauberberg«: »Ich merkte früh, daß die Davoser Geschichte es in sich hatte und über sich selbst ganz anders dachte als ich ... Dann kam der Krieg, dessen Ausbruch mir zwar sofort den Schluß des Romans an die Hand gab und dessen innere Erfahrungen das Buch unberechenbar bereicherten, der mich aber in seiner Ausführung auf Jahre unterbrach ... Endlich, im Herbst 1924, erschienen die beiden Bände, die aus der Konzeption der short story entstanden waren, und die mich alles in allem nicht sieben, sondern zwölf Jahre in ihrem Bann gehalten hatten.«

Hier nun also der Beginn vom »Zauberberg« mit dem erläuternden »Vorsatz« und dem ersten Kapitel.

Aus

DER ZAUBERBERG

Vorsatz

Die Geschichte Hans Castorps, die wir erzählen wollen, – nicht um seinetwillen (denn der Leser wird einen einfachen, wenn auch ansprechenden jungen Menschen in ihm kennenlernen), sondern um der Geschichte willen, die uns in hohem Grade erzählenswert scheint (wobei zu Hans Castorps Gunsten denn doch erinnert werden sollte, daß es *seine* Geschichte ist, und daß nicht jedem jede Geschichte passiert): diese Geschichte ist sehr lange her, sie ist sozusagen schon ganz mit historischem Edelrost überzogen und unbedingt in der Zeitform der tiefsten Vergangenheit vorzutragen.

Das wäre kein Nachteil für eine Geschichte, sondern eher ein Vorteil; denn Geschichten müssen vergangen sein, und je vergangener, könnte man sagen, desto besser für sie in ihrer Eigenschaft als Geschichten und für den Erzähler, den raunenden Beschwörer des Imperfekts. Es steht jedoch so mit ihr, wie es heute auch mit den Menschen und unter diesen nicht zum wenigsten mit den Geschichtenerzählern steht: sie ist viel älter als ihre Jahre, ihre Betagtheit ist nicht nach Tagen, das Alter, das auf ihr liegt, nicht nach Sonnenumläufen zu berechnen; mit einem Worte: sie verdankt den Grad ihres Vergangenseins nicht eigentlich der *Zeit,* – eine Aussage, womit auf die Fragwürdigkeit und eigentümliche Zwienatur dieses geheimnisvollen Elementes im Vorbeigehen angespielt und hingewiesen sei.

Um aber einen klaren Sachverhalt nicht künstlich zu verdunkeln: die hochgradige Verflossenheit unserer Geschichte rührt daher, daß sie *vor* einer gewissen, Leben und Bewußtsein tief zerklüfteten Wende und Grenze spielt ... Sie spielt, oder, um jedes Präsens geflissentlich zu vermeiden, sie spielte und hat gespielt vormals, ehedem, in den alten Tagen, der Welt vor dem großen Kriege, mit dessen Beginn so vieles begann, was zu beginnen wohl kaum schon aufgehört hat. Vorher also spielt sie, wenn auch nicht lange vorher. Aber ist der Vergangenheitscharakter einer Geschichte nicht desto tiefer, vollkommener und märchenhafter, je dichter »vorher« sie spielt? Zudem könnte es sein, daß die unsrige mit dem Märchen auch sonst, ihrer inneren Natur nach, das eine und andre zu schaffen hat.

Wir werden sie ausführlich erzählen, genau und gründlich, – denn wann wäre je die Kurz- oder Langweiligkeit einer Geschichte abhängig gewesen von dem Raum und der Zeit, die sie in Anspruch nahm? Ohne Furcht vor dem Odium der Peinlichkeit, neigen wir vielmehr der Ansicht zu, daß nur das Gründliche wahrhaft unterhaltend sei.

Im Handumdrehen also wird der Erzähler mit Hansens Geschichte nicht fertig werden. Die sieben Tage einer Woche werden dazu nicht reichen und auch sieben Monate nicht. Am besten ist es, er macht sich im voraus nicht klar, wieviel Erdenzeit ihm verstreichen wird, während sie ihn umsponnen hält. Es werden, in Gottes Namen, ja nicht geradezu sieben Jahre sein!

Und somit fangen wir an.

Erstes Kapitel

Ankunft

Ein einfacher junger Mensch reiste im Hochsommer von Hamburg, seiner Vaterstadt, nach Davos-Platz im Graubündischen. Er fuhr auf Besuch für drei Wochen.

Von Hamburg bis dort hinauf, das ist aber eine weite Reise; zu weit eigentlich im Verhältnis zu einem so kurzen Aufenthalt. Es geht durch mehrerer Herren Länder, bergauf und bergab, von der süddeutschen Hochebene hinunter zum Gestade des Schwäbischen Meeres und zu Schiff über seine springenden Wellen hin, dahin über Schlünde, die früher für unergründlich galten.

Von da an verzettelt sich die Reise, die solange großzügig, in direkten Linien vonstatten ging. Es gibt Aufenthalte und Umständlichkeiten. Beim Orte Rorschach, auf schweizerischem Gebiet, vertraut man sich wieder der Eisenbahn, gelangt aber vorderhand nur bis Landquart, einer kleinen Alpenstation, wo man den Zug zu wechseln gezwungen ist. Es ist eine Schmalspurbahn, die man nach längerem Herumstehen in windiger und wenig reizvoller Gegend besteigt, und in dem Augenblick, wo die kleine, aber offenbar ungewöhnlich zugkräftige Maschine sich in

Bewegung setzt, beginnt der eigentlich abenteuerliche Teil der Fahrt, ein jäher und zäher Aufstieg, der nicht enden zu wollen scheint. Denn Station Landquart liegt vergleichsweise noch in mäßiger Höhe; jetzt aber geht es auf wilder, drangvoller Felsenstraße allen Ernstes ins Hochgebirge.

Hans Castorp – dies der Name des jungen Mannes – befand sich allein mit seiner krokodilsledernen Handtasche, einem Geschenk seines Onkels und Pflegevaters, Konsul Tienappel, um auch diesen Namen hier gleich zu nennen –, seinem Wintermantel, der an einem Haken schaukelte, und seiner Plaidrolle in einem kleinen grau gepolsterten Abteil; er saß bei niedergelassenem Fenster, und da der Nachmittag sich mehr und mehr verkühlte, so hatte er, Familiensöhnchen und Zärtling, den Kragen seines modisch weiten, auf Seide gearbeiteten Sommerüberziehers aufgeschlagen. Neben ihm auf der Bank lag ein broschiertes Buch namens ›Ocean steamships‹, worin er zu Anfang der Reise bisweilen studiert hatte; jetzt aber lag es vernachlässigt da, indes der hereinstreichende Atem der schwer keuchenden Lokomotive seinen Umschlag mit Kohlenpartikeln verunreinigte.

Zwei Reisetage entfernen den Menschen – und gar den jungen, im Leben noch wenig fest wurzelnden Menschen – seiner Alltagswelt, all dem, was er seine Pflichten, Interessen, Sorgen, Aussichten nannte, viel mehr, als er sich auf der Droschkenfahrt zum Bahnhof wohl träumen ließ. Der Raum, der sich drehend und fließend zwischen ihn und seine Pflanzstätte wälzt, bewährt Kräfte, die man gewöhnlich der Zeit vorbehalten glaubt; von Stunde zu Stunde stellt er innere Veränderungen her, die den von ihr bewirkten sehr ähnlich sind, aber sie in gewisser Weise übertreffen. Gleich ihr erzeugt er Vergessen, er tut es aber, indem er die Person des Menschen aus ihren Beziehungen löst und ihn in einen freien und ursprünglichen Zustand versetzt, – ja, selbst aus dem Pedanten und Pfahlbürger macht er im Handumdrehen etwas wie einen Vagabunden. Zeit, sagt man, ist Lethe; aber auch Fernluft ist so ein Trank, und sollte sie weniger gründlich wirken, so tut sie es dafür desto rascher.

Dergleichen erfuhr auch Hans Castorp. Er hatte nicht beabsichtigt, diese Reise sonderlich wichtig zu nehmen, sich innerlich auf sie einzulassen. Seine Meinung vielmehr war gewesen, sie rasch abzutun, weil sie abgetan werden mußte, ganz als derselbe zurückzukehren, als der er abgefahren war, und sein Leben genau dort wieder aufzunehmen, wo er es für einen Augenblick hatte liegenlassen müssen. Noch gestern war er völlig in dem gewohnten Gedankenkreise befangen gewesen, hatte sich mit dem jüngst Zurückliegenden, seinem Examen, und dem unmittelbar Bevorstehenden, seinem Eintritt in die Praxis bei Tunder & Wilms (Schiffswerft, Maschinenfabrik und Kesselschmiede), beschäftigt und über die nächsten drei Wochen mit soviel Ungeduld hinweggeblickt, als seine Gemütsart nur immer zuließ. Jetzt aber war ihm doch, als ob die Umstände seine volle Aufmerksamkeit erforderten und als ob es nicht angehe, sie auf die leichte Achsel zu nehmen. Dieses Emporgehobenwerden in Regionen, wo er noch nie geatmet und wo, wie er wußte, völlig ungewohnte, eigentümlich dünne und spärliche Lebensbedingungen herrschten, – es fing an, ihn zu erregen, ihn mit einer gewissen Ängstlichkeit zu erfüllen. Heimat und Ordnung lagen nicht nur weit zurück, sie lagen hauptsächlich klaftertief unter ihm, und noch immer stieg er darüber hinaus. Schwebend zwischen ihnen und dem Unbekannten fragte er sich, wie es ihm dort oben ergehen werde. Vielleicht war es unklug und unzuträglich, daß er, geboren und gewohnt, nur ein paar Meter über dem Meeresspiegel zu atmen, sich plötzlich in diese extremen Gegenden befördern ließ, ohne wenigstens einige Tage an einem Platze von mittlerer Lage verweilt zu haben? Er wünschte, am Ziel zu sein, denn einmal oben, dachte er, würde man leben wie überall und nicht so wie jetzt im Klimmen daran erinnert sein, in welchen unangemessenen Sphären man sich befand. Er sah hinaus: der Zug wand sich gebogen auf schmalem Paß; man sah die vorderen Wagen, sah die Maschine, die in ihrer Mühe braune, grüne und schwarze Rauchmassen ausstieß, die verflatterten. Wasser rauschten in der Tiefe zur Rechten; links strebten dunkle Fichten zwischen Felsblöcken gegen einen steingrauen Himmel empor. Stockfinstere Tunnel kamen, und wenn es wieder Tag wurde, taten weitläufige Abgründe mit Ortschaften in der Tiefe sich auf. Sie schlossen sich, neue Engpässe folgten, mit Schneeresten in ihren Schründen und Spalten. Es gab Aufenthalte an armseligen Bahnhofshäuschen, Kopfstationen, die der Zug in entgegengesetzter Richtung verließ, was verwirrend wirkte, da man nicht mehr wußte, wie man fuhr, und sich der Himmelsgegenden nicht länger entsann. Großartige

Fernblicke in die heilig-phantasmagorisch sich türmende Gipfelwelt des Hochgebirges, in das man hinan- und hineinstrebte, eröffneten sich und gingen dem ehrfürchtigen Auge durch Pfadbiegungen wieder verloren. Hans Castorp bedachte, daß er die Zone der Laubbäume unter sich gelassen habe, auch die der Singvögel wohl, wenn ihm recht war, und dieser Gedanke des Aufhörens und der Verarmung bewirkte, daß er, angewandelt von einem leichten Schwindel und Übelbefinden, für zwei Sekunden die Augen mit der Hand bedeckte. Das ging vorüber. Er sah, daß der Aufstieg ein Ende genommen hatte, die Paßhöhe überwunden war. Auf ebener Talsohle rollte der Zug nun bequemer dahin.

Es war gegen acht Uhr, noch hielt sich der Tag. Ein See erschien in landschaftlicher Ferne, seine Flut war grau, und schwarz stiegen Fichtenwälder neben seinen Ufern an den umgebenden Höhen hinan, wurden dünn weiter oben, verloren sich und ließen nebelig-kahles Gestein zurück. Man hielt an einer kleinen Station, es war Davos-Dorf, wie Hans Castorp draußen ausrufen hörte, er würde nun binnen kurzem am Ziele sein. Und plötzlich vernahm er neben sich Joachim Ziemßens Stimme, seines Vetters gemächliche Hamburger Stimme, die sagte: »Tag, du, nun steige nur aus«; und wie er hinaussah, stand unter seinem Fenster Joachim selbst auf dem Perron, in braunem Ulster, ganz ohne Kopfbedeckung und so gesund aussehend wie in seinem Leben noch nicht. Er lachte und sagte wieder:

»Komm nur heraus, du, geniere dich nicht!«

»Ich bin aber noch nicht da«, sagte Hans Castorp verdutzt und noch immer sitzend.

»Doch, du bist da. Dies ist das Dorf. Zum Sanatorium ist es näher von hier. Ich habe 'nen Wagen mit. Gib mal deine Sachen her.«

Und lachend, verwirrt, in der Aufregung der Ankunft und des Wiedersehens reichte Hans Castorp ihm Handtasche und Wintermantel, die Plaidrolle mit Stock und Schirm und schließlich auch ›Ocean steamships‹ hinaus. Dann lief er über den engen Korridor und sprang auf den Bahnsteig zur eigentlichen und sozusagen nun erst persönlichen Begrüßung mit seinem Vetter, der sich ohne Überschwang, wie zwischen Leuten von kühlen und spröden Sitten, vollzog. Es ist sonderbar zu sagen, aber von jeher hatten sie es vermieden, einander beim Vornamen zu nennen, einzig und allein aus Scheu vor zu großer Herzenswärme. Da sie sich aber doch nicht gut mit Nachnamen anreden konnten, so beschränkten sie sich auf das Du. Das war eingewurzelte Gewohnheit zwischen den Vettern.

Ein Mann in Livree, mit Tressenmütze, sah zu, wie sie einander – der junge Ziemßen in militärischer Haltung – rasch und ein bißchen verlegen die Hände schüttelten, und kam dann heran, um sich Hans Castorps Gepäckschein auszubitten; denn er war der Concierge des Internationalen Sanatoriums ›Berghof‹ und zeigte sich willens, den großen Koffer des Gastes vom Bahnhof ›Platz‹ zu holen, indes die Herren direkt mit dem Wagen zum Abendbrot fuhren. Der Mann hinkte auffallend, und so war das erste, was Hans Castorp Joachim Ziemßen fragte:

»Ist das ein Kriegsveteran? Was hinkt er denn so?«

»Ja, danke!« erwiderte Joachim etwas bitter. »Ein Kriegsveteran! Der hat es im Knie – oder hatte es doch, denn dann hat er sich die Kniescheibe herausnehmen lassen.«

Hans Castorp besann sich, so rasch er konnte. »Ja, so!« sagte er, indem er im Gehen den Kopf hob und sich flüchtig umblickte. »Du wirst mir doch aber nicht weismachen wollen, daß du noch so etwas hast? Du siehst ja aus, als ob du dein Portepee schon hättest und gerade aus dem Manöver kämst.« Und er sah den Vetter von der Seite an.

Joachim war größer und breiter als er, ein Bild der Jugendkraft und wie für die Uniform geschaffen. Er war von dem sehr braunen Typus, den seine blonde Heimat nicht selten hervorbringt, und seine ohnehin dunkle Gesichtshaut war durch Verbrennung beinahe bronzefarben geworden. Mit seinen großen schwarzen Augen und dem dunklen Schnurrbärtchen über dem vollen, gutgeschnittenen Munde wäre er geradezu schön gewesen, wenn er nicht abstehende Ohren gehabt hätte. Sie waren sein einziger Kummer und Lebensschmerz gewesen bis zu einem gewissen Zeitpunkt. Jetzt hatte er andere Sorgen. Hans Castorp fuhr fort:

»Du kommst doch gleich mit mir hinunter? Ich sehe wirklich kein Hindernis.«

»Gleich mit dir?« fragte der Vetter und wandte ihm seine großen Augen zu, die immer sanft gewesen waren, in diesen fünf Monaten aber einen etwas müden, ja traurigen Ausdruck angenommen hatten. »Gleich wann?«

»Na, in drei Wochen.«

»Ach so, du fährst wohl schon wieder nach Hause in deinen Gedanken«, antwortete Joachim. »Nun, warte nur, du kommst ja eben erst an. Drei Wochen sind freilich fast nichts für uns hier oben, aber für dich, der du zu Besuch hier bist und überhaupt nur drei Wochen bleiben sollst, für dich ist es doch eine Menge Zeit. Erst akklimatisiere dich mal, das ist gar nicht so leicht, sollst du sehen. Und dann ist das Klima auch nicht das einzig Sonderbare bei uns. Du wirst hier mancherlei Neues sehen, paß auf. Und was du von mir sagst, das geht denn doch nicht so flott mit mir, du, ›in drei Wochen nach Haus‹, das sind so Ideen von unten. Ich bin ja wohl braun, aber das ist hauptsächlich Schneeverbrennung und hat nicht viel zu bedeuten, wie Behrens auch immer sagt, und bei der letzten Generaluntersuchung hat er gesagt, ein halbes Jahr wird es wohl ziemlich sicher noch dauern.«

»Ein halbes Jahr? Bist du toll?« rief Hans Castorp. Sie hatten sich eben vor dem Stationsgebäude, das nicht viel mehr als ein Schuppen war, in das gelbe Kabriolett gesetzt, das dort auf steinigem Platze bereit stand, und während die beiden Braunen anzogen, warf sich Hans Castorp empört auf dem harten Kissen herum.

»Ein halbes Jahr? Du bist ja schon fast ein halbes Jahr hier! Man hat doch nicht so viel Zeit –!«

»Ja, Zeit«, sagte Joachim und nickte mehrmals geradeaus, ohne sich um des Vetters ehrliche Entrüstung zu kümmern. »Die springen hier um mit der menschlichen Zeit, das glaubst du gar nicht. Drei Wochen sind wie ein Tag vor ihnen. Du wirst schon sehen. Du wirst das alles noch lernen«, sagte er und setzte hinzu: »Man ändert hier seine Begriffe.«

Hans Castorp betrachtete ihn unausgesetzt von der Seite.

»Du hast dich aber doch prachtvoll erholt«, sagte er kopfschüttelnd.

»Ja, meinst du?« antwortete Joachim. »Nicht wahr, ich denke doch auch!« sagte er und setzte sich höher ins Kissen zurück; doch nahm er gleich wieder eine schräge Stellung ein. »Es geht mir ja besser«, erklärte er; »aber gesund bin ich eben noch nicht. Links oben, wo früher Rasseln zu hören war, klingt es jetzt nur noch rauh, das ist nicht so schlimm, aber unten ist es noch *sehr* rauh, und dann sind auch im zweiten Interkostalraum Geräusche.«

»Wie gelehrt du geworden bist«, sagte Hans Castorp.

»Ja, das ist, weiß Gott, eine nette Gelehrsamkeit. Die hätte ich gern im Dienste schon wieder verschwitzt«, erwiderte Joachim.

»Aber ich habe noch Sputum«, sagte er mit einem zugleich lässigen und heftigen Achselzucken, das ihm nicht gut zu Gesichte stand, und ließ seinen Vetter etwas sehen, was er aus der ihm zugekehrten Seitentasche seines Ulsters zur Hälfte herauszog und gleich wieder verwahrte: eine flache, geschweifte Flasche aus blauem Glase mit einem Metallverschluß. »Das haben die meisten von uns hier oben«, sagte er. »Es hat auch einen Namen bei uns, so einen Spitznamen, ganz fidel. Du siehst dir die Gegend an?«

Das tat Hans Castorp, und er äußerte: »Großartig!«

»Findest du?« fragte Joachim.

Sie hatten die unregelmäßig bebaute, der Eisenbahn gleichlaufende Straße ein Stück in der Richtung der Talachse verfolgt, hatten dann nach links hin das schmale Geleise gekreuzt, einen Wasserlauf überquert und trotteten nun auf sanft ansteigendem Fahrweg bewaldeten Hängen entgegen, dorthin, wo auf niedrig vorspringendem Wiesenplateau, die Front südwestlich gewandt, ein langgestrecktes Gebäude mit Kuppelturm, das vor lauter Balkonlogen von weitem löcherig und porös wirkte wie ein Schwamm, soeben die ersten Lichter aufsteckte. Es dämmerte rasch. Ein leichtes Abendrot, das eine Weile den gleichmäßig bedeckten Himmel belebt hatte, war schon verblichen, und jener farblose, entseelte und traurige Übergangszustand herrschte in der Natur, der dem vollen Einbruch der Nacht unmittelbar vorangeht. Das besiedelte Tal, lang hingestreckt und etwas gewunden, beleuchtete sich nun überall, auf dem Grunde sowohl wie da und dort an den beiderseitigen Lehnen, – an der rechten zumal, die auslud, und an der Baulichkeiten terrassenförmig aufstiegen. Links liefen Pfade die Wiesenhänge hinan und verloren sich in der stumpfen Schwärze der Nadelwälder. Die entfernteren Bergkulissen, hinten am Ausgang, gegen den das Tal sich verjüngte, zeigten ein nüchternes Schieferblau. Da ein Wind sich aufgemacht hatte, wurde die Abendkühle empfindlich.

»Nein, ich finde es offen gestanden nicht so überwältigend«, sagte Hans Castorp. »Wo sind denn die Gletscher und Firnen und die gewaltigen Bergesriesen? Diese Dinger sind doch nicht sehr hoch, wie mir scheint.«

»Doch, sie sind hoch«, antwortete Joachim. »Du siehst die Baumgrenze fast überall, sie markiert sich ja auffallend scharf, die Fichten hören auf, und damit hört alles auf, aus ist es, Felsen, wie du bemerkst. Da drüben, rechts von dem Schwarzhorn, dieser Zinke dort, hast du sogar einen Gletscher, siehst du das Blaue noch? Er ist nicht groß, aber es ist ein Gletscher, wie es sich gehört, der Scaletta-Gletscher. Piz Michel und Tinzenhorn in der Lücke, du kannst sie von hier aus nicht sehen, liegen auch immer im Schnee, das ganze Jahr.«

»In ewigem Schnee«, sagte Hans Castorp.

»Ja, ewig, wenn du willst. Doch, hoch ist das alles schon. Aber wir selbst sind scheußlich hoch, mußt du bedenken. Sechzehnhundert Meter über dem Meer. Da kommen die Erhebungen nicht so zur Geltung.«

»Ja, war das eine Kletterei! Mir ist angst und bange geworden, kann ich dir sagen. Sechzehnhundert Meter! Das sind ja annähernd fünftausend Fuß, wenn ich es ausrechne. In meinem Leben war ich noch nicht so hoch.« Und Hans Castorp nahm neugierig einen tiefen, probenden Atemzug von der fremden Luft. Sie war frisch – und nichts weiter. Sie entbehrte des Duftes, des Inhaltes, der Feuchtigkeit, sie ging leicht ein und sagte der Seele nichts.

»Ausgezeichnet!« bemerkte er höflich.

»Ja, es ist ja eine berühmte Luft. Übrigens präsentiert sich die Gegend heute abend nicht vorteilhaft. Manchmal nimmt sie sich besser aus, besonders im Schnee. Aber man sieht sich sehr satt an ihr. Wir alle hier oben, kannst du mir glauben, haben sie ganz unaussprechlich satt«, sagte Joachim, und sein Mund wurde von einem Ausdruck des Ekels verzogen, der übertrieben und unbeherrscht wirkte und ihn wiederum nicht gut kleidete.

»Du sprichst so sonderbar«, sagte Hans Castorp.

»Spreche ich sonderbar?« fragte Joachim mit einer gewissen Besorgnis und wandte sich seinem Vetter zu . . .

»Nein, nein, verzeih, es kam mir wohl nur einen Augenblick so vor!« beeilte sich Hans Castorp zu sagen. Er hatte aber die Wendung »Wir hier oben« gemeint, die Joachim schon zum dritten- oder viertenmal gebraucht hatte und die ihn auf irgendeine Weise beklemmend und seltsam anmutete.

»Unser Sanatorium liegt noch höher als der Ort, wie du siehst«, fuhr Joachim fort. »Fünfzig Meter. Im Prospekt steht ›hundert‹, aber es sind bloß fünfzig. Am allerhöchsten liegt das Sanatorium Schatzalp dort drüben, man kann es nicht sehen. Die müssen im Winter ihre Leichen per Bobschlitten herunterbefördern, weil dann die Wege nicht fahrbar sind.«

»Ihre Leichen? Ach so! Na, höre mal!« rief Hans Castorp. Und plötzlich geriet er ins Lachen, in ein heftiges, unbezwingliches Lachen, das seine Brust erschütterte und sein vom kühlen Wind etwas steifes Gesicht zu einer leise schmerzenden Grimasse verzog. »Auf dem Bobschlitten! Und das erzählst du mir so in aller Gemütsruhe? Du bist ja ganz zynisch geworden in diesen fünf Monaten!«

»Gar nicht zynisch«, antwortete Joachim achselzuckend.

»Wieso denn? Das ist den Leichen doch einerlei . . . Übrigens kann es wohl sein, daß man zynisch wird hier bei uns. Behrens selbst ist auch so ein alter Zyniker – ein famoses Huhn nebenbei, alter Korpsstudent und glänzender Operateur, wie es scheint, er wird dir gefallen. Dann ist da noch Krokowski, der Assistent – ein ganz gescheutes Etwas. Im Prospekt ist besonders auf seine Tätigkeit hingewiesen. Er treibt nämlich Seelenzergliederung mit den Patienten.«

»Was treibt er? Seelenzergliederung? Das ist ja widerlich!« rief Hans Castorp, und nun nahm seine Heiterkeit überhand. Er war ihrer gar nicht mehr Herr, nach allem andern hatte die Seelenzergliederung es ihm vollends angetan, und er lachte so sehr, daß die Tränen ihm unter der Hand hervorliefen, mit der er, sich vorbeugend, die Augen bedeckte. Joachim lachte ebenfalls herzlich – es schien ihm wohlzutun –, und so kam es, daß die jungen Leute in großer Aufgeräumtheit aus ihrem Wagen stiegen, der sie zuletzt im Schritt auf steiler, schleifenförmiger Anfahrt vor das Portal des Internationalen Sanatoriums ›Berghof‹ getragen hatte.

Nr. 34

Gleich zur Rechten, zwischen Haustor und Windfang, war die Concierge-Loge gelegen, und von dort kam ein Bediensteter von französischem Typus, der, am Telephon sitzend, Zeitungen gelesen hatte, in der grauen Livree des hinkenden Mannes am Bahnhof ihnen entgegen und führte sie durch die wohlbeleuchtete Halle, an deren linker

Seite Gesellschaftsräume lagen. Im Vorübergehen blickte Hans Castorp hinein und fand sie leer. Wo denn die Gäste seien, fragte er, und sein Vetter antwortete:

»In der Liegekur. Ich hatte Ausgang heute, weil ich dich abholen wollte. Sonst liege ich auch nach dem Abendbrot auf dem Balkon.«

Es fehlte nicht viel, daß Hans Castorp aufs neue vom Lachen überwältigt wurde.

»Was, ihr liegt noch bei Nacht und Nebel auf dem Balkon?« fragte er mit wankender Stimme . . .

»Ja, das ist Vorschrift. Von acht bis zehn. Aber komm nun, sieh dir dein Zimmer an und wasch dir die Hände.«

Sie bestiegen den Lift, dessen elektrisches Triebwerk der Franzose bediente. Im Hinaufgleiten trocknete Hans Castorp sich die Augen.

»Ich bin ganz entzwei und erschöpft vor Lachen«, sagte er und atmete durch den Mund. »Du hast mir soviel tolles Zeug erzählt . . . Das mit der Seelenzergliederung war zu stark, das hätte nicht kommen dürfen. Außerdem bin ich doch auch wohl ein bißchen abgespannt von der Reise. Leidest du auch so an kalten Füßen? Gleichzeitig hat man dann so ein heißes Gesicht, das ist unangenehm. Wir essen wohl gleich? Mir scheint, ich habe Hunger. Ißt man denn anständig bei euch hier oben?«

Sie gingen geräuschlos den Kokosläufer des schmalen Korridors entlang. Glocken aus Milchglas sandten von der Decke ein bleiches Licht. Die Wände schimmerten weiß und hart, mit einer lackartigen Ölfarbe überzogen. Eine Krankenschwester zeigte sich irgendwo, in weißer Haube und einen Zwicker auf der Nase, dessen Schnur sie sich hinter das Ohr gelegt hatte. Offenbar war sie protestantischer Konfession, ohne rechte Hingabe an ihren Beruf, neugierig und von Langerweile beunruhigt und belastet. An zwei Stellen des Ganges, auf dem Fußboden vor den weißlackierten numerierten Türen, standen gewisse Ballons, große, bauchige Gefäße mit kurzen Hälsen, nach deren Bedeutung zu fragen Hans Castorp fürs erste vergaß.

»Hier bist du«, sagte Joachim. »Nummer vierunddreißig. Rechts bin ich, und links ist ein russisches Ehepaar, – etwas salopp und laut, muß man wohl sagen, aber das war nicht anders zu machen. Nun, was sagst du?«

Die Tür war doppelt, mit Kleiderhaken im inneren Hohlraum. Joachim hatte das Deckenlicht eingeschaltet, und in seiner zitternden Klarheit zeigte das Zimmer sich heiter und friedlich, mit seinen weißen, praktischen Möbeln, seinen ebenfalls weißen, starken, waschbaren Tapeten, seinem reinlichen Linoleum-Fußbodenbelag und den leinenen Vorhängen, die in modernem Geschmacke einfach und lustig bestickt waren. Die Balkontür stand offen; man gewahrte die Lichter des Tals und vernahm eine entfernte Tanzmusik. Der gute Joachim hatte einige Blumen in eine kleine Vase auf der Kommode gestellt, – was eben im zweiten Grase zu finden gewesen war, etwas Schafgarbe und ein paar Glockenblumen, von ihm selbst am Hange gepflückt.

»Reizend von dir«, sagte Hans Castorp. »Was für ein nettes Zimmer! Hier läßt sich gut und gern ein paar Wochen hausen.«

»Vorgestern ist hier eine Amerikanerin gestorben«, sagte Joachim. »Behrens meinte gleich, daß sie fertig sein würde, bis du kämest, und daß du das Zimmer dann haben könntest. Ihr Verlobter war bei ihr, englischer Marineoffizier, aber er benahm sich nicht gerade stramm. Jeden Augenblick kam er auf den Korridor hinaus, um zu weinen, ganz wie ein kleiner Junge. Und dann rieb er sich die Bakken mit Coldcream ein, weil er rasiert war und die Tränen ihn da so brannten. Vorgestern abend hatte die Amerikanerin noch zwei Blutstürze ersten Ranges, und damit war Schluß. Aber sie ist schon seit gestern morgen fort, und dann haben sie hier natürlich gründlich ausgeräuchert, mit Formalin, weißt du, das soll so gut sein für solche Zwecke.«

Hans Castorp nahm diese Erzählung mit einer angeregten Zerstreutheit auf. Mit zurückgezogenen Ärmeln vor dem geräumigen Waschbecken stehend, dessen Nickelhähne im elektrischen Lichte blitzten, warf er kaum einen flüchtigen Blick zu der weißmetallenen, reinlich bedeckten Bettstadt hinüber.

»Ausgeräuchert, das ist famos«, sagte er gesprächig und etwas ungereimt, indem er sich die Hände wusch und trocknete. »Ja, Methylaldehyd, das hält die stärkste Bakterie nicht aus, – H_2CO, aber es sticht in die Nase, nicht? Selbstverständlich ist strengste Sauberkeit eine Grundbedingung . . .« Er sagte »Selbstvers-tänd-lich« mit dem getrennten st, während sein Vetter sich, seit er Student war, die verbreitetere Aussprache angewöhnt hatte, und fuhr mit großer Geläufigkeit fort: »Was ich noch sagen wollte . . . Wahrscheinlich hatte der Marineoffizier sich mit dem Sicherheitsapparat rasiert, möchte ich annehmen, man macht sich doch leichter wund mit den Dingern als mit einem gut abgezogenen Messer, das ist wenigstens meine Erfahrung, ich gebrauche abwechselnd eins und das andere . . . Na, und auf der gereizten Haut tut das Salzwasser natürlich weh, da war er wohl vom Dienst her gewöhnt, Coldcream anzuwenden, es fällt mir nichts auf daran . . .« Und er plauderte weiter, sagte, daß er zweihundert Stück von Maria Mancini – seiner Zigarre – im Koffer habe – die Revision sei höchst gemütlich gewesen –, und richtete Grüße von verschiedenen Personen in der Heimat aus. »Wird hier denn nicht geheizt?« rief er plötzlich und lief zu den Röhren, um die Hände daran zu legen . . .

»Nein, wir werden hier ziemlich kühl gehalten«, antwortete Joachim. »Da muß es anders kommen, bis im August die Zentralheizung angezündet wird.«

»August, August!« sagte Hans Castorp. »Aber mich friert! Mich friert abscheulich, nämlich am Körper, denn im Gesicht bin ich auffallend echauffiert, – da, fühle doch mal, wie ich brenne!«

Diese Zumutung, man solle sein Gesicht befühlen, paßte ganz und gar nicht zu Hans Castorps Natur und berührte ihn selber peinlich. Joachim ging auch nicht darauf ein, sondern sagte nur:

»Das ist die Luft und hat nichts zu sagen. Behrens selbst hat den ganzen Tag blaue Backen. Manche gewöhnen sich nie. Na, go on, wir kriegen sonst nichts mehr zu essen.«

Draußen zeigte sich wieder die Krankenschwester, kurzsichtig und neugierig nach ihnen spähend. Aber im ersten

Stockwerk blieb Hans Castorp plötzlich stehen, festgebannt von einem vollkommen gräßlichen Geräusch, das in geringer Entfernung hinter einer Biegung des Korridors vernehmlich wurde, einem Geräusch, nicht laut, aber so ausgemacht abscheulicher Art, daß Hans Castorp eine Grimasse schnitt und seinen Vetter mit erweiterten Augen ansah. Es war Husten, offenbar, – eines Mannes Husten; aber ein Husten, der keinem anderen ähnelte, den Hans Castorp jemals gehört hatte, ja, mit dem verglichen jeder andere ihm bekannte Husten eine prächtige und gesunde Lebensäußerung gewesen war, – ein Husten ganz ohne Lust und Liebe, der nicht in richtigen Stößen geschah, sondern nur wie ein schauerlich kraftloses Wühlen im Brei organischer Auflösung klang.

»Ja«, sagte Joachim, »da sieht es böse aus. Ein österreichischer Aristokrat, weißt du, eleganter Mann und ganz wie zum Herrenreiter geboren. Und nun steht es so mit ihm. Aber er geht noch herum.«

Während sie ihren Weg fortsetzten, sprach Hans Castorp angelegentlich über den Husten des Herrenreiters. »Du mußt bedenken«, sagte er, »daß ich dergleichen nie gehört habe, daß es mir völlig neu ist, da macht es natürlich Eindruck auf mich. Es gibt so vielerlei Husten, trockenen und losen, und der lose ist eher noch vorteilhafter, wie man allgemein sagt, und besser, als wenn man so bellt. Als ich in meiner Jugend« (»in meiner Jugend« sagte er) »Bräune hatte, da bellte ich wie ein Wolf, und sie waren alle froh, als es locker wurde, ich kann mich noch dran erinnern. Aber so ein Husten, wie dieser, war noch nicht da, für mich wenigstens nicht, – das ist ja gar kein lebendiger Husten mehr. Er ist nicht trocken, aber lose kann man ihn auch nicht nennen, das ist noch längst nicht das Wort. Es ist ja gerade, als ob man dabei in den Menschen hineinsähe, wie es da aussieht, – alles ein Matsch und Schlamm . . .«

»Na«, sagte Joachim, »ich höre es ja jeden Tag, du brauchst es mir nicht zu beschreiben.«

Aber Hans Castorp konnte sich gar nicht über den vernommenen Husten beruhigen, er versicherte wiederholt, daß man förmlich dabei in den Herrenreiter hineinsähe, und als sie das Restaurant betraten, hatten seine reisemüden Augen einen erregten Glanz.

Im Restaurant

Im Restaurant war es hell, elegant und gemütlich. Es lag gleich rechts an der Halle, den Konversationsräumen gegenüber, und wurde, wie Joachim erklärte, hauptsächlich von neu angekommenen, außer der Zeit speisenden Gästen und von solchen, die Besuch hatten, benutzt. Aber auch Geburtstage und bevorstehende Abreisen wurden dort festlich begangen sowie günstige Ergebnisse von Generaluntersuchungen. Manchmal gehe es hoch her im Restaurant, sagte Joachim; auch Champagner werde serviert. Jetzt saß niemand als eine einzelne etwa dreißigjährige Dame darin, die in einem Buche las, aber dabei vor sich hin summte und mit dem Mittelfinger der linken Hand immerfort leicht auf das Tischtuch klopfte. Als die jungen Leute sich niedergelassen hatten, wechselte sie den Platz, um ihnen den Rücken zuzuwenden. Sie sei menschenscheu, erklärte Joachim leise, und esse immer mit einem Buche im Restaurant. Man wollte wissen, daß sie schon als ganz junges Mädchen in Lungensanatorien eingetreten sei und seitdem nicht mehr in der Welt gelebt habe.

»Nun, dann bist du ja noch ein junger Anfänger gegen sie mit deinen fünf Monaten und wirst es noch sein, wenn du ein Jahr auf dem Buckel hast«, sagte Hans Castorp zu seinem Vetter; worauf Joachim mit jenem Achselzucken, das ihm früher nicht eigen gewesen war, zur Menükarte griff.

Sie hatten den erhöhten Tisch am Fenster genommen, den hübschesten Platz. An dem cremefarbenen Vorhang saßen sie einander gegenüber, die Gesichter beglüht vom Schein des rot umhüllten elektrischen Tischlämpchens. Hans Castorp faltete seine frisch gewaschenen Hände und rieb sie behaglich-erwartungsvoll aneinander, wie er zu tun pflegte, wenn er sich zu Tische setzte, – vielleicht weil seine Vorfahren vor der Suppe gebetet hatten. Ein freundliches, gaumig sprechendes Mädchen in schwarzem Kleide mit weißer Schürze und einem großen Gesicht von überaus gesunder Farbe bediente sie, und zu seiner großen Heiterkeit ließ Hans Castorp sich belehren, daß man die Kellnerinnen hier »Saaltöchter« nenne. Sie bestellten eine Flasche Gruaud Larose bei ihr, die Hans Castorp noch einmal fortschickte, um sie besser temperieren zu lassen. Das Essen war vorzüglich. Es gab Spargelsuppe, gefüllte Tomaten, Braten mit vielerlei Zutat, eine besonders gut bereitete süße Speise, eine Käseplatte und Obst. Hans Castorp aß sehr stark, obgleich sein Appetit sich nicht als so lebhaft erwies, wie er geglaubt hatte. Aber er war gewohnt, viel zu essen, auch wenn er keinen Hunger hatte, und zwar aus Selbstachtung.

Joachim tat den Gerichten nicht viel Ehre an. Er hatte die Küche satt, sagte er, das hätten sie alle hier oben, und es sei Brauch, auf das Essen zu schimpfen; denn wenn man hier ewig und drei Tage sitze ... Dagegen trank er mit Vergnügen, ja mit einer gewissen Hingebung von dem Wein und gab unter sorgfältiger Vermeidung allzu gefühlvoller Wendungen wiederholt seiner Genugtuung Ausdruck, daß jemand da sei, mit dem man ein vernünftiges Wort reden könne.

»Ja, es ist brillant, daß du gekommen bist!« sagte er, und seine gemächliche Stimme war bewegt. »Ich kann wohl sagen, es ist für mich geradezu ein Ereignis. Das ist doch einmal eine Abwechslung, – ich meine, es ist ein Einschnitt, eine Gliederung in dem ewigen, grenzenlosen Einerlei ...«

»Aber die Zeit muß auch eigentlich schnell hier vergehen«, meinte Hans Castorp.

»Schnell und langsam, wie du nun willst«, antwortete Joachim.

»Sie vergeht überhaupt nicht, will ich dir sagen, es ist gar keine Zeit, und es ist auch kein Leben, – nein, das ist es nicht«, sagte er kopfschüttelnd und griff wieder zum Glase.

Auch Hans Castorp trank, obgleich sein Gesicht nun wie Feuer brannte. Aber am Körper war ihm noch immer kalt, und eine besondere freudige und doch etwas quälende Unruhe war in seinen Gliedern. Seine Worte überhasteten sich, er versprach sich des öfteren und ging mit einer wegwerfenden Handbewegung darüber hin. Übrigens war auch Joachim in belebter Stimmung, und um so freier und aufgeräumter ging ihr Gespräch, als die summende, pochende Dame ganz plötzlich aufgestanden und davongegangen war. Sie gestikulierten beim Essen mit den Gabeln, machten, einen Bissen in der Backe, wichtige Mienen, lachten, nickten, hoben die Schultern und hatten noch nicht ordentlich heruntergeschluckt, wenn sie schon weitersprachen. Joachim wollte von Hamburg hören und hatte das Gespräch auf die geplante Elbregulierung gebracht.

»Epochal!« sagte Hans Castorp. »Epochal für die Entwicklung unserer Schiffahrt, – gar nicht zu überschätzen. Wir setzen fünfzig Millionen als sofortige einmalige Ausgabe dafür ins Budget, und du kannst überzeugt sein, wir wissen genau was wir tun.«

Übrigens sprang er, bei aller Wichtigkeit, die er der Elbregulierung beimaß, gleich wieder ab von diesem Thema und verlangte, daß Joachim ihm Weiteres von dem Leben »hier oben« und von den Gästen erzähle, was auch bereitwillig geschah, da Joachim froh war, sich erleichtern und mitteilen zu können. Das von den Leichen, die man die Bobbahn hinuntersandte, mußte er wiederholen und noch einmal ausdrücklich versichern, daß es auf Wahrheit beruhte. Da Hans Castorp wieder vom Lachen ergriffen wurde, lachte auch er, was er herzlich zu genießen schien, und ließ andere komische Dinge hören, um der Ausgelassenheit Nahrung zu geben. Eine Dame sitze mit ihm am Tische, namens Frau Stöhr, ziemlich krank übrigens, eine Musikersgattin aus Cannstatt, – die sei das Ungebildetste, was ihm jemals vorgekommen. »Desinfiszieren« sage sie, – aber in vollstem Ernst. Und den Assistenten Krokowski nenne sie den »Fomulus«. Das müsse man nun hinunterschlucken, ohne das Gesicht zu verziehen. Außerdem sei sie klatschsüchtig, wie übrigens die meisten hier oben, und einer anderen Dame, Frau Iltis, sage sie nach, sie trage ein »Sterilett«. »Sterilett nennt sie das, – das ist doch unbezahlbar!« Und halb liegend, gegen die Lehnen ihrer Stühle zurückgeworfen, lachten sie so sehr, daß ihnen der Leib bebte und sie fast gleichzeitig Schluckauf bekamen.

Zwischendurch betrübte Joachim sich und gedachte seines Loses.

»Ja, da sitzen wir nun und lachen«, sagte er mit schmerzendem Gesicht und zuweilen von den Erschütterungen seines Zwerchfelles unterbrochen; »und dabei ist gar nicht abzusehen, wann ich hier wegkomme, denn wenn Behrens sagt: noch ein halbes Jahr, dann ist es knapp gerechnet, man muß sich auf mehr gefaßt machen. Aber es ist doch hart, sage mal selbst, ob es nicht traurig für mich ist. Da war ich nun schon genommen, und im nächsten Monat könnte ich meine Offiziersprüfung machen. Und nun lungere ich hier herum mit dem Thermometer im Mund und zähle die Schnitzer von dieser ungebildeten Frau Stöhr und versäume die Zeit. Ein Jahr spielt eine Rolle in unserem Alter, es bringt im Leben unten so viele Veränderungen und Fortschritte mit sich. Und ich muß hier stagnieren wie ein

Wasserloch, – ja, ganz wie ein fauliger Tümpel, es ist gar kein zu krasser Vergleich . . .«

Sonderbarerweise antwortete Hans Castorp hierauf nur mit der Frage, ob man hier eigentlich Porter bekommen könne, und als sein Vetter ihn etwas erstaunt betrachtete, sah er, daß jener im Einschlafen begriffen war, – eigentlich schlief er schon.

»Aber du schläfst ja!« sagte Joachim. »Komm, es ist Zeit, zu Bett zu gehen, für uns beide.«

»Es ist überhaupt keine Zeit«, sagte Hans Castorp mit schwerer Zunge. Aber er ging doch mit, etwas gebückt und steifbeinig, wie ein Mensch, der von Müdigkeit förmlich zu Boden gezogen wird, – nahm sich jedoch gewaltsam zusammen, als er in der nur noch matt erleuchteten Halle Joachim sagen hörte:

»Da sitzt Krokowski. Ich muß dich, glaube ich, rasch noch vorstellen.«

Dr. Krokowski saß im Hellen, am Kamin des einen Konversationszimmers, gleich bei der offenen Schiebetür, und las eine Zeitung. Er stand auf, als die jungen Leute auf ihn zutraten und Joachim in militärischer Haltung sagte:

»Darf ich Ihnen, bitte, meinen Vetter Castorp aus Hamburg vorstellen, Herr Doktor. Er ist eben erst angekommen.«

Dr. Krokowski begrüßte den neuen Hausgenossen mit einer gewissen heiteren, stämmigen und aufmunternden Herzhaftigkeit, als wollte er andeuten, daß Aug in Auge mit ihm jede Befangenheit überflüssig und einzig fröhliches Vertrauen am Platze sei. Er war ungefähr fünfunddreißig

Jahre alt, breitschultrig, fett, bedeutend kleiner als die beiden, die vor ihm standen, so daß er den Kopf schräg zurücklegen mußte, um ihnen ins Gesicht zu sehen, – und außerordentlich bleich, von durchscheinender, ja phosphoreszierender Blässe, die noch gehoben wurde durch die dunkle Glut seiner Augen, die Schwärze seiner Brauen und seines ziemlich langen, in zwei Spitzen auslaufenden Vollbartes, der bereits ein paar weiße Fäden zeigte. Er trug einen schwarzen, zweireihigen, schon etwas abgenutzten Sakkoanzug, schwarze, durchbrochene, sandalenartige Halbschuhe zu dicken, grauwollenen Socken und einen weich überfallenden Halskragen, wie Hans Castorp ihn bis dahin nur bei einem Photographen in Danzig gesehen hatte und welcher der Erscheinung Dr. Krokowski's in der Tat ein ateliermäßiges Gepräge verlieh. Herzlich lächelnd, so daß in seinem Barte die gelblichen Zähne sichtbar wurden, schüttelte er dem jungen Manne die Hand, indem er mit baritonaler Stimme und etwas fremdländisch schleppenden Akzenten sagte:

»Seien Sie uns willkommen, Herr Castorp! Möchten Sie sich rasch einleben und sich wohlfühlen in unserer Mitte. Sie kommen zu uns als Patient, wenn ich mir die Frage erlauben darf?«

Es war rührend zu sehen, wie Hans Castorp arbeitete, um sich artig zu erweisen und seiner Schläfrigkeit Herr zu werden. Er ärgerte sich, so schlecht in Form zu sein, und sah mit dem mißtrauischen Selbstbewußtsein junger Leute in dem Lächeln und dem aufmunternden Wesen des Assistenten Zeichen nachsichtigen Spottes. Er antwortete, indem er von den drei Wochen sprach, auch seines Examens erwähnte und hinzufügte, daß er, gottlob, ganz gesund sei.

»Wahrhaftig?« fragte Dr. Krokowski, indem er seinen Kopf wie neckend schräg vorwärts stieß und sein Lächeln verstärkte . . .

»Aber dann sind Sie eine höchst studierenswerte Erscheinung! Mir ist nämlich ein ganz gesunder Mensch noch nicht vorgekommen. Was für ein Examen haben Sie abgelegt, wenn die Frage erlaubt ist?«

»Ich bin Ingenieur, Herr Doktor«, antwortete Hans Castorp mit bescheidener Würde.

»Ah, Ingenieur!« Und Dr. Krokowski's Lächeln zog sich gleichsam zurück, büßte an Kraft und Herzlichkeit für den Augenblick etwas ein. »Das ist wacker. Und Sie werden hier also keinerlei ärztliche Behandlung in Anspruch nehmen, weder in körperlicher noch in psychischer Hinsicht?«

»Nein, ich danke tausendmal!« sagte Hans Castorp und wäre fast einen Schritt zurückgewichen.

Da brach das Lächeln Dr. Krokowski's wieder siegreich hervor, und indem er dem jungen Manne aufs neue die Hand schüttelte, rief er mit lauter Stimme:

»Nun, so schlafen Sie denn wohl, Herr Castorp, – im Vollgefühl Ihrer untadeligen Gesundheit! Schlafen Sie wohl und auf Wiedersehn!« – Damit entließ er die jungen Leute und setzte sich wieder zu seiner Zeitung nieder.

Der Aufzug hatte keine Bedienung mehr, und so legten sie zu Fuß die Treppen zurück, schweigend und etwas verwirrt von der Begegnung mit Dr. Krokowski. Joachim begleitete Hans Castorp auf Nummer 34, wo der Hinkende das Gepäck des Ankömmlings richtig eingeliefert hatte, und sie plauderten noch eine Viertelstunde, während Hans Castorp Nacht- und Waschzeug auspackte und eine dicke, milde Zigarette dazu rauchte. Zur Zigarre kam er heute nicht mehr, was ihm wunderlich und außerordentlich erschien.

»Er sieht sehr bedeutend aus«, sagte er, indem er beim Sprechen den eingeatmeten Rauch hervorsprudelte. »Wachsbleich ist er. Aber mit seiner Chaussure, höre mal, da steht es scheußlich. Grauwollene Socken und dann diese Sandalen. War er zum Schluß eigentlich beleidigt?«

»Er ist etwas empfindlich«, gab Joachim zu. »Du hättest die ärztliche Behandlung nicht so brüsk zurückweisen sollen, wenigstens nicht die psychische. Er sieht es nicht gern, wenn man sich dem entzieht. Auf mich ist er auch nicht besonders zu sprechen, weil ich ihm nicht genug anvertraue. Aber dann und wann erzähl' ich ihm doch einen Traum, damit er was zu zergliedern hat.«

»Nun, dann hab' ich ihn eben vor den Kopf gestoßen«, sagte Hans Castorp verdrießlich; denn es machte ihn unzufrieden mit sich selbst, jemanden gekränkt zu haben, und so kam denn die Müdigkeit auch mit erneuter Stärke über ihn.

»Gute Nacht«, sagte er. »Ich falle um.«

»Um acht hole ich dich zum Frühstück«, sagte Joachim und ging.

Hans Castorp machte nur flüchtige Nachttoilette. Der Schlaf übermannte ihn, kaum daß er das Nachttischlämpchen gelöscht hatte, aber er schreckte noch einmal auf, da er sich erinnerte, daß in diesem Bette vorgestern jemand gestorben sei. ›Es wird nicht das erstemal gewesen sein‹, sagte er zu sich, als könne ihm das zur Beruhigung dienen. ›Es ist eben ein Totenbett, ein gewöhnliches Totenbett.‹ Und er schlief ein.

Aber sobald er eingeschlafen war, begann er zu träumen und träumte fast unaufhörlich bis zum anderen Morgen. Hauptsächlich sah er Joachim Ziemßen in sonderbar verrenkter Lage auf einem Bobschlitten eine schräge Bahn hinabfahren. Er war so phosphoreszierend bleich wie Dr. Krokowski, und vorneauf saß der Herrenreiter, der sehr unbestimmt aussah, wie jemand, den man lediglich hat husten hören, und lenkte. »Das ist uns doch ganz einerlei, – uns hier oben«, sagte der verrenkte Joachim, und dann war er es, nicht der Herrenreiter, der so grauenhaft breiig hustete. Darüber mußte Hans Castorp bitterlich weinen und sah ein, daß er in die Apotheke laufen müsse, um sich Coldcream zu besorgen. Aber am Wege saß Frau Iltis mit einer spitzen Schnauze und hielt etwas in der Hand, was offenbar ihr »Sterilett« sein sollte, aber nichts weiter war als ein Sicherheits-Rasierapparat. Das machte Hans Castorp nun wieder lachen, und so wurde er zwischen verschiedenen Gemütsbewegungen hin und her geworfen, bis der Morgen durch seine halboffene Balkontür graute und ihn weckte.

Nicht wie angenommen drei Wochen blieb Hans Castorp, es wurden drei Monate, drei Jahre daraus und weitere Jahre verstrichen – »die Zeit kam ihm abhanden«, er war verzaubert. Verzaubert in den Reigen der Kranken, die kamen und gingen, darunter auch einer Madame Clawdia Chauchat, die sein Herz und seine Sinne in harte Bedrängnis brachten. Nun, im letzten Drittel des Romans taucht sie wieder auf, im Geleit von Mynheer Peeperkorn, den Thomas Mann »zur elften Stunde« als die »merkwürdigste Figur eines, wie ich nicht länger zweifle, merkwürdigen Buches« einführt. Er porträtiert in dieser, ironisierend-verfremdet, Gerhart Hauptmann (was dieser ihm recht verübelte), aber nicht boshaft und lieblos, sondern – wie es die weitere Darstellung dieser Persönlichkeit zeigt – in Verehrung, die sich auch, wie Thomas Mann an Gerhart Hauptmann schreibt, in dem Ehrfurchtsverhältnis niederschlägt, »in das ich mein Söhnchen, den kleinen Hans Castorp, vom ersten Augenblick an zu dem Gewaltigen setze, der die Geliebte des Jungen besitzt und sie bei ihm aussticht. Kein Fühlender läßt sich darüber durch die – sagen wir: ironischen und grotesken Kunstmittel täuschen, die zu handhaben ich gewohnt bin.«

Hier also das erste Auftreten von Mynheer Peeperkorn – eine köstliche Episode.

Mynheer Peeperkorn

Mynheer Peeperkorn, ein älterer Holländer, war eine Zeitlang Gast des Hauses ›Berghof‹, das mit so großem Recht das Beiwort »international« in seinem Schilde führte. Peeperkorns leicht farbige Nationalität – denn er war ein Kolonial-Holländer, ein Mann von Java, ein Kaffeepflanzer – würde uns kaum vermögen, seine, Pieter Peeperkorns (so hieß er, so bezeichnete er sich selbst; »jetzt labt Pieter Peeperkorn sich mit einem Schnaps«, pflegte er zu sagen) – würde uns, sagen wir, noch nicht bestimmen, seine Person zu elfter Stunde in unsere Geschichte einzuführen; denn du großer Gott, in was für Tinten und Abschattungen spielte nicht die Gesellschaft des bewährten Instituts, das Hofrat Doktor Behrens in vielzüngiger Redensartlichkeit ärztlich leitete! Nicht genug, daß neuerdings hier sogar eine ägyptische Prinzessin anwesend war, dieselbe, die dem Hofrat einst das bemerkenswerte Kaffeegeschirr und die Sphinxzigaretten geschenkt hatte, eine sensationelle Person mit nikotingelben beringten Fingern und kurzgeschnittenem Haar, die, von den Hauptmahlzeiten abgesehen, bei denen sie Pariser Toiletten trug, in Herrensakko und gebügelten Hosen umherging, übrigens von der Männerwelt nichts wissen wollte, sondern ihre zugleich träge und heftige Huld ausschließlich einer rumänischen Jüdin zuwandte, die schlecht und recht Frau Landauer hieß, während doch Staatsanwalt Paravant um Ihrer Hoheit willen die Mathematik vernachlässigte und vor Verliebtheit geradezu den Narren spielte: nicht genug also mit ihr persönlich, so befand sich unter ihrem kleinen Gefolge auch noch ein verschnittener Mohr, ein kranker, schwacher Mensch, der aber trotz seiner von Karoline Stöhr gern gehechelten Grundverfassung am Leben mehr zu hängen schien als irgend jemand und sich untröstlich zeigte über das Bild, das die Platte von seinem Inneren aufwies, nachdem man seine Schwärze durchleuchtet hatte . . .

Verglichen mit solchen Erscheinungen also konnte Mynheer Peeperkorn fast farblos wirken. Und wenn dieser Abschnitt unserer Erzählung, wie ein früherer, die Überschrift ›Noch jemand‹ tragen könnte, so braucht deshalb niemand zu besorgen, daß hier abermals ein Veranstalter geistiger und pädagogischer Konfusion auf den Plan tritt. Nein, Mynheer Peeperkorn war keineswegs der Mann, logische Verwirrung in die Welt zu tragen. Er war ein völlig anderer Mann, wie wir sehen werden. Daß gleichwohl schwere Verwirrung von seiner Person auf unseren Helden ausging, begreift sich aus folgendem.

Mynheer Peeperkorn traf mit demselben Abendzuge in Station ›Dorf‹ ein wie Madame Chauchat und fuhr mit ihr in demselben Schlitten nach Haus ›Berghof‹, woselbst er mit ihr zusammen im Restaurant das Abendessen einnahm. Es war eine mehr als gleichzeitige, es war eine *gemeinsame* Ankunft, und diese Gemeinsamkeit, die ihre Fortsetzung zum Beispiel in der Anordnung fand, daß Mynheer seinen Tischplatz neben der Wiedergekehrten, am Guten Russentisch angewiesen erhielt, gegenüber dem Doktorplatz, dort, wo ehemals der Lehrer Popów seine wilden und zweideutigen Aufführungen veranstaltet hatte, – diese Zusammengehörigkeit war es, die den guten Hans Castorp verstörte, da dergleichen seiner Voraussicht entgangen war. Der Hofrat hatte ihm Tag und Stunde von Clawdia's Rückkehr auf seine Art angezeigt. »Na, Castorp, alter Junge«, hatte er gesagt, »treues Ausharren wird belohnt. Übermorgen abend schleicht das Kätzchen sich wieder herein, ich hab's telegraphisch.« Aber davon, daß Frau Chauchat nicht allein komme, hatte er nichts verlauten lassen, vielleicht weil auch er nichts davon gewußt hatte, daß sie und Peeperkorn zusammen kämen und zusammengehörten, – wenigstens gab er Überraschung vor, als Hans Castorp ihn am Tage nach der gemeinsamen Ankunft gewissermaßen zur Rede stellte.

»Kann ich Ihnen auch nicht sagen, wo sie den aufgegabelt hat«, erklärte er. »Eine Reisebekanntschaft offenbar, von den Pyrenäen her, nehme ich an. Tja, den müssen Sie nun erst mal in Kauf nehmen, Sie enttäuschter Seladon, hilft Ihnen alles nichts. Dicke Freundschaft, verstehen Sie. Wie es scheint, haben sie sogar gemeinsame Reisekasse. Der Mann ist schwer reich, nach allem, was ich höre. Kaffeekönig in Ruhestand, müssen Sie wissen, malaiischer Kammerdiener, opulente Umstände. Übrigens kommt er bestimmt nicht zum Spaß, denn außer einer gehörigen alkoholischen Verschleimung scheint malignes Tropenfieber vorzuliegen, Wechselfieber, verstehen Sie, verschleppt, hartnäckig. Sie werden Geduld mit ihm haben müssen.«

»Bitte sehr, bitte sehr«, sagte Hans Castorp von oben

herab. ›Und du?‹ dachte er. ›Wie ist dir zumute? Ganz unbeteiligt bist du doch auch nicht, von früher her, wenn mich nicht dieses und jenes täuscht, blaubackiger Witwer mit deiner anschaulichen Ölmalerei. Legst allerlei Schadenfreude in deine Worte, wir mir scheint, und dabei sind wir doch Leidensgenossen, gewissermaßen, in Hinsicht auf Peeperkorn.‹ – »Kurioser Mann, entschieden orginelle Erscheinung«, sagte er mit entwerfender Gebärde. »Robust und spärlich, das ist der Eindruck, den man von ihm gewinnt, den ich wenigstens heute beim Frühstück von ihm gewonnen habe. Robust und auch wieder spärlich, mit diesen Eigenschaftswörtern muß man ihn meiner Meinung nach kennzeichnen, obgleich sie gewöhnlich nicht für vereinbar gelten. Er ist wohl groß und breit und steht gern spreizbeinig da, die Hände in seinen senkrechten Hosentaschen vergraben – sie sind senkrecht angebracht bei ihm, wie ich bemerken mußte, nicht seitlich, wie bei Ihnen und mir sonst wohl in den höheren Gesellschaftsklassen –, und wenn er so dasteht und nach holländischer Weise am Gaumen redet, dann hat er unleugbar was recht Robustes. Aber sein Kinnbart ist schütter, – lang, aber schütter, daß man die Haare zählen zu können glaubt, und seine Augen sind auch nur klein und blaß, ohne Farbe geradezu, ich kann mir nicht helfen, und es nützt nichts, daß er sie immer aufzureißen sucht, wovon er die ausgeprägten Stirnfalten hat, die erst an den Schläfen aufwärts und dann horizontal über seine Stirn laufen, – seine hohe, rote Stirn, wissen Sie, um die das weiße Haar zwar lang, aber spärlich steht –, die Augen bleiben doch klein und blaß, trotz allem Aufreißen.

Und seine Schlußweste verleiht ihm was Geistliches, trotzdem der Gehrock kariert ist. Das ist mein Eindruck von heute morgen.«

»Ich sehe, Sie haben ihn aufs Korn genommen«, antwortete Behrens, »und sich den Mann gut angesehen in seiner Eigenart, was ich vernünftig finde, denn Sie werden sich mit seinem Vorhandensein arrangieren müssen.«

»Ja, das werden wir wohl«, sagte Hans Castorp. – Es ist ihm überlassen geblieben, von der Figur des neuen, unerwarteten Gastes ein ungefähres Bild zu zeichnen, und er hat seine Sache nicht schlecht gemacht, – wir hätten sie auch nicht wesentlich besser machen können. Allerdings war sein Beobachtungsposten der günstigste gewesen: wir wissen ja, daß er während Clawdia's Abwesenheit dem Guten Russentisch nachbarlich nahegerückt war, und da der seine mit jenem parallel stand – nur daß der andere etwas weiter gegen die Verandatür sich vorschob – und Hans Castorp sowohl wie Peeperkorn die nach dem Saalinnern gelegenen Schmalseiten einnahmen, so saßen sie sozusagen nebeneinander, Hans Castorp etwas hinter dem Holländer, was eine unauffällige Exploration erleichterte, – während er Frau Chauchat im Dreiviertelsprofil schräg vor sich hatte. Ergänzend wäre seiner begabten Skizze etwa hinzuzufügen, daß Peeperkorns Oberlippe rasiert, seine Nase groß und fleischig und sein Mund ebenfalls groß und von unregelmäßiger Lippenbildung, gleichsam zerrissen war. Ferner waren seine Hände zwar ziemlich breit, aber mit langen, spitz zulaufenden Nägeln versehen, und er bediente sich ihrer beim Sprechen – bei seinem fast unaufhörlichen, wenn auch für Hans Castorp dem Inhalte nach nicht recht greifbaren Sprechen – zu auserlesenen, die Aufmerksamkeit spannenden Gebärden, den delikat nuancierenden, gepflegten, genauen und reinlichen Kulturgebärden eines Dirigenten, den Zeigefinger mit dem Daumen zum Kreise gekrümmt oder die flache Hand – breit, aber nagelspitz – behütend, abdämpfend, Achtsamkeit fordernd ausgebreitet, – um dann die lächelnde Achtsamkeit vorbereiteten Äußerung zu enttäuschen, – oder vielmehr nicht eigentlich zu enttäuschen, sondern in ein erfreutes Staunen zu verwandeln; denn die Stärke, Zartheit und Bedeutsamkeit der Vorbereitung ersetzte in hohem Grade noch nachträglich, was ausblieb, und wirkte befriedigend, unterhaltend, ja bereichernd durch sich selbst. Zuweilen erfolgte die Äußerung überhaupt nicht. Er legte zart seine Hand auf den Unterarm seines Nachbarn zur Linken, eines jungen bulgarischen Gelehrten, oder auf den Madame Chauchats zu seiner Rechten, hob dann diese Hand schräg aufwärts, Schweigen und Spannung gebietend für das, was zu sagen er im Begriffe war, und blickte mit hochgezogenen Brauen, so daß die rechtwinklig von seiner Stirn zu den äußeren Augenwinkeln laufenden Falten sich maskenhaft vertieften, neben dem so Gefesselten auf das Tischtuch nieder, indes seine großen, zerrissenen Lippen, geöffnet, im Begriffe schienen, höchst Wichtiges zu entlassen. Nach einer Weile jedoch atmete er aus, verzichtete, winkte gleichsam »Rührt euch« und wandte sich unverrichteterdinge seinem Kaffee wieder zu, den er sich extra stark, in einer eigenen Maschine, hatte servieren lassen.

Nachdem er ihn getrunken, verfuhr er, wie folgt. Er dämmte mit der Hand die Unterhaltung zurück, schuf Stille, wie der Dirigent, der das Durcheinander der stimmenden Instrumente zum Schweigen bringt und sein Orchester, kulturell gebietend, zum Beginn der Aufführung sammelt, – denn da sein großes, vom weißen Haar umflammtes Haupt mit den blassen Augen, den mächtigen Stirnfalten, dem langen Kinnbart und dem bloßliegenden wehen Munde darüber unstreitig bedeutend wirkte, so fügte alles sich seiner Gebärde. Alle verstummten, sahen ihn lächelnd an, warteten, und da und dort nickte einer ihm zur Ermunterung lächelnd zu. Er sagte mit ziemlich leiser Stimme:

»Meine Herrschaften. – Gut. Alles gut. Er-ledigt. Wollen Sie jedoch ins Auge fassen und nicht – keinen Augenblick – außer acht lassen, daß – Doch über diesen Punkt nichts weiter. Was auszusprechen mir obliegt, ist weniger jenes, als vor allem und einzig dies, daß wir verpflichtet sind, – daß der unverbrüchliche – ich wiederhole und lege alle Betonung auf diesen Ausdruck – der *unverbrüchliche* Anspruch an uns gestellt ist – *Nein!* Nein, meine Herrschaften, nicht so! Nicht so, daß ich etwa – Wie weit gefehlt wäre es, zu denken, daß ich – – Er-*ledigt,* meine Herrschaften! Vollkommen erledigt. Ich weiß uns einig in alldem, und so denn: zur Sache!«

Er hatte nichts gesagt; aber sein Haupt erschien so unzweifelhaft bedeutend, sein Mienen- und Gestenspiel war dermaßen entschieden, eindringlich, ausdrucksvoll gewesen, daß alle und auch der lauschende Hans Castorp höchst

Wichtiges vernommen zu haben meinten oder, sofern ihnen das Ausbleiben sachlicher und zu Ende geführter Mitteilung bewußt geworden war, dergleichen doch nicht vermißten. Wir fragen uns, wie einem Tauben zumute gewesen wäre. Vielleicht hätte er sich gegrämt, weil er den Fehlschluß vom Ausdruck aufs Ausgedrückte gemacht und sich eingebildet hätte, durch sein Gebrechen geistig zu kurz zu kommen. Solche Leute neigen zu Mißtrauen und Bitterkeit. Ein junger Chinese dagegen am anderen Tischende, der des Deutschen noch wenig mächtig war und nicht verstanden, aber gehört und gesehen hatte, bekundete seine erfreute Befriedigung durch den Ruf: »Very well!« – und applaudierte sogar.

Und Mynheer Peeperkorn kam »zur Sache«. Er richtete sich auf, dehnte die breite Brust, knöpfte den karierten Gehrock über der geschlossenen Weste zu, und sein weißes Haupt war königlich. Er winkte eine Saaltochter heran – es war die Zwergin, – und obgleich sehr beschäftigt, folgte sie sofort seinem bedeutenden Zeichen und stellte sich, Milch- und Kaffeekanne in Händen, neben seinen Stuhl. Auch sie konnte nicht umhin, ihm mit ihrem großen, ältlichen Gesicht lächelnd und ermunternd zuzunicken, in Achtsamkeit gebannt von seinem blassen Blick unter den mächtigen Stirnfalten, von seiner erhobenen Hand, deren Zeigefinger sich mit dem Daumen zum Kreise vereinigte, während die drei übrigen Finger aufwärts standen, von den Lanzenspitzen der Nägel überragt.

»Mein Kind«, sagte er, »– gut. Alles ganz gut soweit. Sie sind klein, – was macht mir das? Im Gegenteil! Ich werte es positiv, ich danke Gott dafür, daß Sie sind, wie Sie sind, und durch Ihre charaktervolle Kleinheit – Nun gut denn! Auch was ich von Ihnen wünsche, ist klein, klein und charaktervoll. Vor allem, wie heißen Sie?«

Sie stotterte lächelnd und sagte dann, daß ihr Name Emerentia sei.

»Vortrefflich!« rief Peeperkorn, indem er sich gegen die Stuhllehne zurückwarf und den Arm gegen die Zwergin ausstreckte. Er rief es mit einer Betonung, als wollte er sagen: ›Aber was wollen Sie denn? Alles steht wundervoll!‹ – »Mein Kind«, fuhr er aufs ernsteste und fast mit Strenge fort, »– das übertrifft alle meine Erwartungen. Emerentia – Sie sprechen es mit Bescheidenheit aus, aber der Name – und in Verbindung mit Ihrer Person – kurzum, das eröffnet die schönsten Möglichkeiten. Er ist wohl wert, daß man ihm nachhängt und alles Gefühl seiner Brust daransetzt, um – in der Koseform – Sie verstehen mich wohl, mein Kind: in der *Kose*form – möge es Rentia heißen, aber auch Emchen wäre erwärmend, – für den Augenblick halte ich es ohne Schwanken mit Emchen. Emchen also, mein Kind, merke auf: Ein wenig Brot, meine Liebe. Halt! Steh! Daß ja kein Mißverständnis sich einschleiche! Ich sehe es deinem verhältnismäßig großen Gesichte an, daß diese Gefahr – Brot, Renzchen, aber nicht gebackenes Brot, – wir haben hier davon die Fülle, in allerlei Gestalt. Sondern gebranntes, mein Engel. Gottesbrot, klares Brot, kleine Koseform, und zwar der Labung wegen. Ich bin ungewiß, ob Ihnen der Sinn dieses Wortes – ich würde vorschlagen, ›Herzstärkung‹ dafür einzusetzen, liefe hier nicht die neue

Gefahr mit unter, es im Sinne gebräuchlicher Leichtfertigkeit – Er-ledigt, Rentia. Erledigt und ausgeschlossen. Vielmehr im Sinn unserer Pflicht und heiligen Verbindlichkeit – Zum Beispiel also der mir obliegenden Ehrenschuld, mich deiner charakteristischen Kleinheit so recht starken Herzens – Einen Genever, Geliebte! – Zu erfreuen, wollte ich sagen. Schiedamer, Emerenzchen. Eile und bringe mir einen!«

»Einen Genever, echt«, wiederholte die Zwergin, drehte sich einmal um sich selbst, in dem Wunsch, ihrer Kannen ledig zu werden, und stellte sie dann auf Hans Castorps Tisch, neben sein Besteck, offenbar, weil sie Herrn Peeperkorn nicht damit behelligen mochte. Sie eilte, und ihr Auftraggeber erhielt sofort das Gewünschte. Das Gläschen war so voll geschenkt, daß das »Brot« an allen Seiten daran herunterlief und den Teller benetzte. Er nahm es mit Daumen und Mittelfinger und hob es gegen das Licht. »Sohin«, erklärte er, »labt Pieter Peeperkorn sich mit einem Schnaps.« Und er schluckte das Korndestillat, nachdem er es kurz gekaut. »Jetzt«, sagte er, »sehe ich Sie alle mit erquickten Augen an.« Und er nahm Frau Chauchats Hand vom Tischtuch, führte sie an die Lippen und legte sie dann zurück, worauf er die seine noch einige Zeit darauf ruhen ließ.

Ein eigentümlicher, persönlich gewichtiger, wenn auch undeutlicher Mann. Die Berghof-Gesellschaft nahm regen Anteil an ihm. Er habe sich kürzlich von den Kolonialgeschäften zurückgezogen, hieß es, und das Seine ins Trokkene gebracht. Man sprach von seinem prächtigen Haus im Haag und seiner Villa in Scheveningen. Frau Stöhr nannte ihn einen »Geld-Magneten« (Magnat! Die Fürchterliche!) und konnte dabei auf eine Perlenreihe hinweisen, die Madame Chauchat seit ihrer Heimkehr zum Abendkleide trug und die nach Karolinens Meinung wohl kaum als Zeugnis transkaukasischer Gattengalanterie verstanden werden durfte, sondern der »gemeinsamen Reisekasse« entstammte. Sie zwinkerte dabei, wies seitlich mit dem Kopf auf Hans Castorp und zog in parodistischer Betrübnis den Mund herunter, indem sie, unverfeinert durch Krankheit und Leiden, seine Mißlage zu rücksichtsloser Verhöhnung ausnutzte. Er bewahrte Haltung. Er verbesserte ihren Bildungsschnitzer sogar nicht ohne Witz. Sie habe sich versprochen, sagte er. Geldmagnat. Aber Magnet sei auch nicht schlecht, denn offenbar habe Peeperkorn viel Anziehendes. Auch der Lehrerin Engelhart, als sie ihn matt errötend, scheel lächelnd und ohne ihn anzusehen befragte, wie der neue Gast ihm behage, antwortete er mit gut bewahrtem Gleichmut. Mynheer Peeperkorn sei eine »verwischte Persönlichkeit«, sagte er, – eine Persönlichkeit, aber verwischt. Die Genauigkeit dieser Kennzeichnung bewies Objektivität und damit Gemütsruhe; sie warf die Lehrerin aus ihrer Position. Und was nun gar Ferdinand Wehsal und seinen verzerrten Hinweis auf die unerwarteten Umstände betraf, unter denen Frau Chauchat zurückgekehrt war, so bewies hier Hans Castorp, daß es Blicke gibt, die an präziser Eindeutigkeit um kein Haar dem artikuliertesten Worte nachstehen. ›Erbärmlicher!‹ besagte der Blick, mit dem er den Mannheimer maß, besagte es unter Ausschluß jeder auch nur aufs leichteste fehlgehenden Auslegung, und Wehsal anerkannte denn auch diesen Blick und steckte ihn ein, ja er nickte sogar dazu, indem er seine zerstörten Zähne zeigte, nahm aber doch von nun an Abstand davon, auf Spaziergängen mit Naphta, Settembrini und Ferge Hans Castorps Paletot zu tragen.

In Gottes Namen, er konnte ihn selber tragen, er trug ihn sogar lieber selbst, und nur aus Freundlichkeit hatte er ihn dem Elenden dann und wann überlassen. Das aber verkennt wohl niemand in unserer Runde, daß Hans Castorp hart betroffen war durch jene völlig unvorhergesehenen Umstände, die alle Vorbereitungen zuschanden machten, die er für das Wiedersehen mit dem Gegenstand seiner Faschingsabenteuer innerlich getroffen hatte. Besser gesagt: sie machten sie überflüssig, und darin lag das Beschämende.

Seine Vorsätze waren die zartesten, besonnensten gewesen, weit entfernt von täppischem Ungestüm. Kein Gedanke daran, daß er Clawdia etwa vom Bahnhof hatte abholen wollen, – und ein Glück nur, daß er diesen Gedanken nicht hatte aufkommen lassen! Überhaupt aber war ganz ungewiß gewesen, ob eine Frau, der die Krankheit so große Freiheit verlieh, die phantastischen Ereignisse einer fernen maskierten und fremdsprachigen Traumnacht auch nur werde wahrhaben wollen oder ob sie wünschen werde, unmittelbar daran erinnert zu sein. Nein, keine Zudringlichkeit, kein plumper Anspruch! Selbst zugegeben, daß sein Verhältnis zu der schrägäugigen Kranken die Grenzen abendländischer Vernunft und Gesittung dem Wesen nach hinter sich ließ, – in der Form war vollkommenste Zivilisation und für den Augenblick sogar der Schein der Gedächtnislosigkeit zu wahren. Ein Kavaliersgruß von Tisch zu Tisch – fürs erste nichts weiter! Ein höfisches Hinzutreten bei späterer Gelegenheit, unter leichter Erkundigung nach dem Ergehen der Reisenden seit neulich . . . Das eigentliche Wiedersehen mochte sich zu seiner Stunde als Lohn beherrschter Ritterlichkeit daraus ergeben.

All dieser Zartsinn, wie gesagt, erschien nun hinfällig dadurch, daß ihm die Freiwilligkeit und damit alle Verdienstlichkeit genommen war. Die Gegenwart Mynheer Peeperkorns schaltete die Möglichkeit einer Taktik, die *nicht* in äußerster Zurückhaltung bestanden hätte, allzu gründlich aus. Hans Castorp hatte am Abend der Ankunft von seiner Loge aus den Schlitten, auf dessen Bock neben dem Kutscher der malaiische Kammerdiener saß, ein gelbes Männchen mit einem Pelzkragen auf dem Überzieher und in steifem Hut, im Schritt die Wegschleife heraufkommen sehen, und zuseiten Clawdia's im Fond hatte, Hut in der Stirn, der Fremde gesessen. Diese Nacht hatte Hans Castorp wenig geschlafen. Am Morgen hatte es keine Schwierigkeiten bereitet, den Namen des verwirrenden Mitkömmlings zu erfahren, mit der Nachricht als Dreingabe, daß beide im ersten Stockwerk nachbarliche Vorzugsräumlichkeiten bezogen hätten. Dann war das erste Frühstück gekommen, bei dem er, zeitig an seinem Platze und blaß genug, auf das Zufallen der Glastür gewartet hatte. Es war ausgeblieben. Clawdia's Eintritt hatte sich lautlos vollzogen, denn hinter ihr hatte Mynheer Peeperkorn die Glastür geschlossen, – groß, breit und hochgestirnt, weiß umlodert das mächtige Haupt, war er den Spuren der Reisegefährtin gefolgt, die sich mit vertrautem Katzentritt, vorgeschobenen Kopfes, ihrem Tisch genähert hatte. Ja, sie war es, unverändert. Programmwidrig und selbstvergessen umfaßte Hans Castorp sie mit seinem übernächtigten Blick. Es war ihr rötlichblondes, nicht weiter kunstreich frisiertes, sondern in einfacher Flechte um den Kopf gelegtes Haar, es waren ihre »Steppenwolfslichter«, ihre Nackenrundung, ihre Lippen, die voller erschienen, als sie waren, vermöge jener Betonung der Wangenknochen, die eine anmutige Höhlung der Wangen selbst bewirkte ... ›Clawdia!‹ dachte er erschauernd, – und er faßte den Unerwarteten ins Auge, nicht ohne ein spöttisch-trotziges Kopfaufwerfen gegen die maskenhafte Großartigkeit seiner Erscheinung, nicht ohne die Aufforderung an sein Herz, sich lustig zu machen über die Großmächtigkeit eines gegenwärtigen Besitzrechtes, das durch gewisse Vergangenheiten in ein recht schiefes Licht gesetzt wurde: *gewisse* Vergangenheiten in der Tat, nicht dunkel unsichere, auf dem Gebiet der dilettantischen Ölmalerei gelegen, wie sie ihn selbst wohl zu beunruhigen vermocht hatten ... Auch ihre Art, vor dem Platznehmen gegen den Saal hin lächelnd Front zu machen, sich gleichsam der Gesellschaft zu präsentieren, hatte Frau Chauchat bewahrt, und Peeperkorn leistete ihr Gefolgschaft darin, indem er schräg hinter ihr stehend die kleine Zeremonie sich vollziehen ließ, um sich danach an seinem Tischende zu Clawdia's Seite niederzulassen.

Es war nichts gewesen mit dem Kavaliersgruß von Tisch zu Tisch. Clawdia's Augen waren bei der ›Vorstellung‹ über Hans Castorps Person wie über seinen ganzen Ort in fernere Gegenden des Saales hinweggeschweift; bei der folgenden Zusammenkunft im Speisesaal war es nicht anders gewesen; und je mehr Mahlzeiten vergingen, ohne daß die Blicke sich anders begegnet wären als in einem blinden und gleichgültigen Hinstreifen von Frau Chauchats Seite, wenn sie sich während des Essens einmal umwandte, desto unpassender wurde es, den Kavaliersgruß noch anzubringen. Während der kurzen Abendgeselligkeit hielten die Reisegefährten sich in dem kleinen Salon: Auf dem Sofa saßen sie nebeneinander, im Kreise ihrer Tischgenossen, und Peeperkorn, dessen großartiges Angesicht hochgerötet gegen die Weiße seines flammenden Haars und seines Kinnbarts abstach, trank die Flasche Rotwein zu Ende, die er sich zum Diner hatte geben lassen.

Aus

LOTTE IN WEIMAR

Erstes Kapitel

(Ankunft der Hofrätin im Gasthaus zum Elephanten)

Der Kellner des Gasthofes ›Zum Elephanten‹ in Weimar, *Mager*, ein gebildeter Mann, hatte an einem fast noch sommerlichen Tage ziemlich tief im September des Jahres 1816 ein bewegendes, freudig verwirrendes Erlebnis. Nicht, daß etwas Unnatürliches an dem Vorfall gewesen wäre; und doch kann man sagen, daß Mager eine Weile zu träumen glaubte.

Mit der ordinären Post von Gotha trafen an diesem Tage, morgens kurz nach acht Uhr, drei Frauenzimmer vor dem renommierten Hause am Markte ein, denen auf den ersten Blick – und auch auf den zweiten noch – nichts Sonderliches anzumerken gewesen war. Ihr Verhältnis untereinander war leicht zu beurteilen: es waren Mutter, Tochter und Zofe. Mager, der, zu Willkommsbücklingen bereit, im Eingangsbogen stand, hatte zugesehen, wie der Hausknecht den beiden ersteren von den Trittbrettern auf das Pflaster half, während die Kammerkatze, Klärchen gerufen, sich von dem Schwager verabschiedete, bei dem sie gesessen hatte und mit dem sie sich gut unterhalten zu haben schien. Der Mann sah sie lächelnd von der Seite an, wahrscheinlich im Gedanken an den auswärtigen Dialekt, den die Reisende gesprochen, und folgte ihr noch in einer

Art von spöttischer Versonnenheit mit den Augen, indes sie, nicht ohne unnötige Windungen, Raffungen und Zierlichkeiten, sich vom hohen Sitze hinunterfand. Dann zog er an der Schnur sein Horn vom Rücken und begann zum Wohlgefallen einiger Buben und Frühpassanten, die der Ankunft beiwohnten, sehr empfindsam zu blasen.

Die Damen standen noch, dem Hause abgekehrt, bei dem Postwagen, die Niederholung ihres übrigens bescheidenen Gepäcks zu überwachen, und Mager wartete den Augenblick ab, wo sie, beruhigt über ihr Eigentum, sich gegen den Eingang wandten, um ihnen sodann, ganz Diplomat, ein verbindliches und gleichwohl leicht zögerndes Lächeln auf dem käsefarbenen, von einem rötlichen Bakkenbart eingefaßten Gesicht, in seinem zugeknöpften Frack, seinem verwaschenen Halstuch im abstehenden Schalkragen und seinen über den sehr großen Füßen eng zulaufenden Hosen, auf dem Bürgersteig entgegenzukommen.

»Guten Tag, mein Freund!« sagte die mütterliche der beiden Damen, eine Matrone allerdings, schon recht bei Jahren, Ende Fünfzig zumindest, ein wenig rundlich, in einem weißen Kleide mit schwarzem Umhang, Halbhandschuhen aus Zwirn und einer hohen Capotte, unter der krauses Haar, von dem aschigen Grau, das ehemals blond gewesen, hervorschaute. »Logis für dreie brauchten wir also, ein zweischläfrig Zimmer für mich und mein Kind« (das Kind war auch die Jüngste nicht mehr, wohl Ende Zwanzig, mit braunen Korkzieherlocken, ein Kräuschen um den Hals; das fein gebogene Näschen der Mutter war bei ihr ein wenig zu scharf, zu hart ausgefallen) – »und eine Kammer, nicht zu weitab, für meine Jungfer. Wird das zu haben sein?«

Die blauen Augen der Frau, von distinguierter Mattigkeit, blickten an dem Kellner vorbei auf die Front des Gasthauses; ihr kleiner Mund, eingebettet in einigen Altersspeck der Wangen, bewegte sich eigentümlich angenehm. In ihrer Jugend mochte sie reizvoller gewesen sein, als die Tochter es heute noch war. Was an ihr auffiel, war ein nikkendes Zittern des Kopfes, das aber zum Teil als Bekräftigung ihrer Worte und rasche Aufforderung zur Zustimmung wirkte, so daß seine Ursache nicht so sehr Schwäche als Lebhaftigkeit oder andernfalls beides gleichermaßen zu sein schien.

»Sehr wohl«, erwiderte der Aufwärter, der Mutter und Tochter zum Eingang geleitete, während die Zofe, eine Hutschachtel schlenkernd, folgte. »Zwar sind wir, wie üblich, stark besetzt und könnten leicht in die Lage kommen, selbst Personen von Stand abschlägig bescheiden zu müssen, doch werden wir keine Anstrengung scheuen, den Wünschen der Damen aufs beste zu genügen.«

»Nun, das ist ja schön«, versetzte die Fremde und tauschte einen heiteren Achtungsblick mit ihrer Tochter ob der wohlgefügten und dabei stark thüringisch-sächsisch gefärbten Redeweise des Mannes.

»Darf ich bitten? Ich bitte sehr!« sagte Mager, sie in den Flur complimentierend. »Der Empfang ist zur Rechten. Frau Elmenreich, die Wirtin des Hauses, wird sich ein Vergnügen daraus machen. – Ich darf wohl bitten!«

Frau Elmenreich, einen Pfeil in der Frisur, die hochgegürtete Büste wegen der Nähe der Haustür von einer Strickjacke umhüllt, thronte bei Federn, Streusand und einer Rechenmaschine hinter einer Art von Ladentisch, der den nischenartigen Bureauraum von der Diele trennte. Ein Angestellter, von seinem Stehpult hinweggetreten, verhandelte seitlich auf englisch mit einem Herrn in Kragenmantel, dem die beim Eingang aufgehäuften Koffer gehören mochten. Die Wirtin, phlegmatischen Auges mehr über die Ankömmlinge hinwegblickend als von ihnen Notiz nehmend, erwiderte den Gruß der Älteren, den angedeuteten Knicks der Jungen mit würdiger Kopfneigung, vernahm die vom Kellner vermittelte Zimmerforderung hingehaltenen Ohres und ergriff einen gestielten Hausplan, auf dem sie eine Weile die Bleistiftspitze herumführte.

»Siebenundzwanzig«, bestimmte sie, gegen den grünbeschürzten Hausdiener gewandt, der mit dem Gepäck der Damen wartete. »Mit einer Einzelkammer kann ich nicht dienen. Die Mamsell müßte das Zimmer mit der Jungfer der Gräfin Larisch von Erfurt teilen. Wir haben eben viele Gäste mit Dienerschaft im Hause.«

Das Klärchen zog hinter dem Rücken ihrer Herrin ein Maul, doch diese war einverstanden. Man werde sich schon vertragen, erklärte sie und bat, schon zum Gehen gewandt, auf das Zimmer geführt zu werden, wohin gleich auch die Handkoffer gebracht werden möchten.

»Alsbald, Madame«, sagte der Kellner. »Nur eben noch diese Formalität wäre nebenher zu erfüllen. Um Lebens oder Sterbens willen bitten wir uns ein paar Zeilen aus.

Nicht unser ist die Pedanterei, sondern der heiligen Hermandad. Sie kann nicht aus ihrer Haut. Es erben sich, möchte man sagen, Gesetz' und Rechte wie eine ew'ge Krankheit fort. Dürfte ich wohl um die Güte und Gefälligkeit ersuchen –?«

Die Dame lachte, indem sie wieder nach ihrer Tochter blickte und belustigt-erstaunt den Kopf schüttelte.

»Ja, so«, sagte sie, »das vergaß ich. Alles, was sich gehört! Übrigens ist Er ein Mann von Kopf, wie ich höre« (sie gebrauchte die Anredeform, die noch in ihrer Jugend üblich gewesen sein mochte), »wohlbelesen und citatenfest. Geb' Er her!« Und an den Tisch zurücktretend, nahm sie mit den feinen Fingern ihrer nur halb bekleideten Hand den an einer Schnur hängenden Kreidestift, den die Wirtin ihr reichte, und beugte sich, noch immer lachend, über die Meldetafel, auf der schon ein paar Namen standen.

Sie schrieb langsam, indem sie allmählich zu lachen aufhörte und nur noch kleine amüsierte und seufzerartige Laute und Nachklänge ihrer verstummenden Heiterkeit nachfolgen ließ. Das nickende Zittern ihres Nackens machte sich dabei, wohl infolge der Unbequemlichkeit ihrer Stellung, deutlicher als je bemerkbar.

Man sah ihr zu. Von der einen Seite blickte die Tochter ihr über die Schulter, die hübschen, ebenmäßig gebogenen Augenbrauen (sie hatte sie von der Mutter) zur Stirn gehoben, den Mund moquant verschlossen und verzogen; und andererseits äugte, halb nur zur Aufsicht, ob sie die rot markierten Rubriken richtig benutzte, halb auch aus Kleinstädter-Neugier und mit jener von Bosheit nicht ganz freien Genugtung darüber, daß für jemanden der Augenblick gekommen war, die gewissermaßen dankbare Rolle des Unbekannten aufzugeben und sich zu nennen und zu bekennen, Kellner Mager ihr in die Schrift. Aus irgendeinem Grunde hatten auch der Bureau-Verwandte und der britische Reisende ihr Gespräch unterbrochen und beobachteten die kopfnickend Schreibende, die mit fast kindlicher Sorgfalt ihre Buchstaben zog.

Mager las blinzelnd: »Hofräthin Witwe Charlotte Kestner, geb. Buff, von Hannover, letzter Aufenthalt: Goslar, geboren am 11. Januar 1753 zu Wetzlar, nebst Tochter und Bedienung.«

»Genügt das?« fragte die Hofrätin; und da man ihr nicht antwortete, beschloß sie selbst: »Das muß genügen!« Damit wollte sie den Griffel energisch auf die Tischplatte legen, vergaß, daß er nicht frei war, und riß den Metallständer um, an dem er hing.

»Wie ungeschickt!« sagte sie errötend, indem sie abermals einen raschen Blick auf ihre Tochter warf, die spöttisch verschlossenen Mundes die Augen gesenkt hielt. »Nun, das ist bald wieder hergestellt, und alles wäre getan. Machen wir endlich, daß wir aufs Zimmer kommen!« Und mit einer gewissen Hast wandte sie sich zum Gehen.

Tochter, Jungfer und Kellner, der glatzköpfige, Schachteln und Reisetaschen tragende Hausknecht hinterdrein, folgten ihr über den Flur zur Treppe. Mager hatte nicht aufgehört zu blinzeln, er fuhr unterwegs damit fort, und zwar so, daß er in Intervallen immer drei- oder viermal sehr rasch mit den Lidern nickte und dann eine Weile mit den geröteten Augen unbeweglich blickte, wobei er den Mund auf eine gewisse, nicht blöde zu nennende, sondern sozusagen fein geregelte Weise geöffnet hielt. Es war auf den Dielen des ersten Treppenaufsatzes, daß er die Gruppe zum Stehen brachte.

»Um Vergebung!« sagte er. »Recht sehr um Vergebung, wenn meine Frage ... Es ist nicht gemeine und unstatthafte Neugier, die ... Sollten wir den Vorzug haben mit Frau Hofrätin Kestner, Madame Charlotte Kestner, der geborenen Buff, aus Wetzlar –?«

»Die bin ich«, bestätigte die alte Dame lächelnd.

»Ich meine ... Sehr wohl, gewiß doch, aber ich meine, – es handelt sich also am Ende doch wohl nicht um Charlotte – auch kürzer Lotte – Kestner, geborene Buff aus dem Deutschen Hause, dem Deutschordenshause zu Wetzlar, die ehemalige ...«

»Um eben die, mein Guter. Aber ich bin gar nicht ehemalig, ich bin hier sehr gegenwärtig und wünschte wohl, auf das mir zugewiesene Zimmer ...«

»Unverzüglich!« rief Mager und nahm mit gesenkter Stirn einen Anlauf zum Weitereilen, blieb dann aber doch wieder an die Stelle gewurzelt stehen und schlang die Hände ineinander.

»Du liebe Zeit!« sagte er mit tiefem Gefühl. »Du liebe Zeit, Frau Hofrätin! Frau Hofrätin mögen verzeihen, wenn meine Gedanken sich nicht sogleich an die hier waltende Identität und die sich eröffnende Perspective ... Dies kommt sozusagen aus heiterem Himmel ... Das Haus hat also die Ehre und die unschätzbare Auszeichnung, die wahre und wirkliche, das Urbild, wenn ich mich so ausdrücken darf . . . Mit einem Wort, es ist mir beschieden, vor Werthers Lotte . . .«

»Dem wird wohl so sein, mein Freund«, entgegnete die Hofrätin mit ruhiger Würde, indem sie der kichernden Zofe einen verweisenden Blick zuwarf. »Und wenn es für Ihn ein Grund mehr wäre, uns reisemüden Frauen nun ungesäumt unser Zimmer zu zeigen, so wollte ich's wohl zufrieden sein.«

»Im Augenblick«, rief der Marqueur und setzte sich in Eilschritt.

»Das Zimmer, Numero siebenundzwanzig, mein Gott, es liegt über zwei Treppen. Sie sind bequem, unsere Treppen, wie Frau Hofrätin bemerken, aber hätten wir geahnt . . . Es hätte sich zweifelsohne trotz unserer Besetztheit . . . Immerhin, das Zimmer ist ansehnlich, es blickt vornheraus auf den Markt und dürfte nicht mißfallen. Noch kürzlich haben Herr und Frau Major von Egloffstein aus Halle dort logiert, als sie zu Besuch ihrer Frau Tante, der Frau Oberkammerdienerin gleichen Namens, hier weilten. Oktober dreizehn hatte es ein Generaladjutant Seiner Kaiserlichen Hoheit des Großfürsten Konstantin inne. Das ist gewissermaßen eine historische Erinnerung . . . Aber, du mein Gott, was rede ich von historischen Erinnerungen, die für einen Menschen von Sentiment nicht im mindesten den Vergleich aushalten mit . . . Nur wenige Schritte noch, Frau Hofrätin! Von der Treppe sind es nur noch ganz wenige Schritte diesen Korridor entlang. Alles frisch geweißt, wie Frau Hofrätin sehen. Wir haben seit Ende dreizehn, nach dem Besuch der Don'schen Kosaken, durchgehend renovieren müssen, Treppen, Zimmer, Gänge und Conversationsmöglichkeiten, was vielleicht längst überfällig gewesen wäre. Nur haben die wilden Gewaltsamkeiten des Weltgeschehens es erzwungen, woraus die Lehre zu ziehen sein möchte, daß die Erneuerungen des Lebens vielleicht nicht ohne kräftig nachhelfende Gewaltsamkeit zustande kommen. Ich will übrigens nicht ausschließlich den Kosaken das Verdienst an unserer Erfrischung zuschreiben. Wir hatten auch Preußen und ungarische Husaren im Hause, von den vorangegangenen Franzosen zu schweigen ... Wir sind am Ziel. Wenn ich Frau Hofrätin bitten dürfte!«

Er beugte sich, Einlaß gewährend, mit der Tür, die er angelweit öffnete, in das Zimmer hinein. Die Augen der Frauen streiften in flüchtiger Prüfung die gestärkten Mullvorhänge der beiden Fenster, den goldgerahmten und freilich etwas blindfleckigen Konsolenspiegel zwischen ihnen, die weißgedeckten Betten, die einen kleinen gemeinsamen Himmel hatten, die übrigen Bequemlichkeiten. Ein Kupferstich, landschaftlich, mit antikem Tempel, schmückte die Wand. Der Fußboden glänzte reinlich geölt.

»Recht artig«, sagte die Hofrätin.

»Wie glücklich wären wir, wenn die Damen sich hier leidlich zu behagen vermöchten! Sollte irgend etwas mangeln, – hier ist der Glockenzug. Daß ich für heißes Wasser sorge, versteht sich am Rande. Wir wären so überaus beglückt, wenn wir die Zufriedenheit der Frau Hofrätin ...«

»Aber ja doch, mein Lieber. Wir sind einfache Leute und

unverwöhnt. Habt Dank, guter Mann«, sagte sie zu dem Hausknecht, der seine Last auf den Gurtbock, den Estrich abgesetzt hatte und sich entfernte. »Und Dank auch Ihnen, mein Freund«, wandte sie sich mit entlassendem Kopfnikken an den Kellner. »Wir sind versorgt und versehen und möchten uns nun wohl ein wenig ...«

Aber Mager stand unbeweglich, die Finger ineinandergeschlungen, die rötlichen Augen in die Züge der alten Dame versenkt.

»Großer Gott«, sagte er, »Frau Hofrätin, welch buchenswertes Ereignis! Frau Hofrätin verstehen vielleicht nicht ganz die Empfindungen eines Menschen von Herz, dem unverhofft und wider alles Vermuten ein solches Evenement mit seinen ergreifenden Perspectiven ... Frau Hofrätin sind sozusagen gewöhnt an die Verhältnisse und an Dero uns allen heilige Identität. Dieselben nehmen die Sache möglicherweise leger und alltäglich und ermessen nicht ganz, wie es einer fühlenden, von jung auf literärischen Seele, die sich dessen nicht im geringsten versah, zu Mute sein muß bei der Bekanntschaft – wenn ich so sagen darf – ich bitte um Entschuldigung –, bei der Begegnung mit einer vom Schimmer der Poesie umflossenen und gleichsam auf feurigen Armen zum Himmel ewigen Ruhms emporgetragenen Persönlichkeit ...«

»Mein guter Freund«, erwiderte die Hofrätin mit lächelnder Abwehr, obgleich man das nickende Zittern ihres Kopfes, das bei den Worten des Kellners wieder auffallend geworden war, als Zustimmung hätte deuten können. (Die Zofe stand hinter ihr und sah dem Manne mit amüsierter

Neugier in das fast zu Tränen bewegte Gesicht, während die Tochter sich mit ostensibler Gleichgültigkeit im tieferen Zimmer mit dem Gepäck zu schaffen machte.) »Mein guter Freund, ich bin eine einfache alte Frau ohne Ansprüche, ein Mensch wie andere mehr; Sie aber haben eine so ungemeine, gehobene Art, sich auszudrücken ...«

»Mein Name ist Mager«, sagte der Kellner gleichsam zur Erläuterung. Er sagte »Mahcher« nach seiner mitteldeutsch weichen Sprechweise; der Laut hatte etwas Bittendes und Rührendes. »Ich bin, wenn es nicht überheblich klingt, das Factotum in diesem Haus, die rechte Hand, wie man es zu nennen pflegt, Frau Elmenreichs, der Besitzerin des Gasthofs, – sie ist Witwe, schon seit Jahren, Herr Elmenreich ist ja leider anno sechs unter tragischen Umständen, die nicht hierher gehören, dem Weltgeschehen zum Opfer gefallen. In meiner Stellung, Frau Hofrätin, und nun gar in Zeiten, wie unsere Stadt sie durchlebt hat, kommt man mit vielerlei Menschen in Berührung, es zieht so manche bedeutende Erscheinung, bedeutend durch Geburt oder Verdienst, an einem vorüber, und eine gewisse Abgebrühtheit, natürlicherweise, greift Platz gegen die Berührung mit hochgestellten, ins Weltgeschehen verflochtenen Personen und Trägern respecteinflößender, die Einbildungskraft aufregender Namen. So ist es, Frau Hofrätin. Allein diese berufliche Verwöhntheit und Abgestumpftheit, – wo ist sie nun! In meinem Leben nicht, das darf ich bekennen, hat ein Empfang und eine Bedienung mir obgelegen, die mir Herz und Geist bewegt hätte wie die heutige, wahrhaft buchenswerte. Denn wie es dem Menschen ergeht, – es war mir bekannt, daß das verehrungswürdige Frauenzimmer, das Urbild jener ewig lieblichen Gestalt, unter den Lebenden verweilte, und zwar in der Stadt Hannover –, ich werde jetzt wohl gewahr, daß ich es wußte. Allein dies Wissen hatte keine Wirklichkeit für mich, und nie habe ich mir die Möglichkeit beikommen lassen, diesem geheiligten Wesen irgendeinmal von Angesicht zu Angesicht gegenüberzustehen. Ich habe es mir einfach nicht träumen lassen. Als ich diesen Morgen – es ist wenige Stunden her – erwachte, war ich überzeugt, daß es sich um einen Tag handle wie hundert andere, einen Tag durchschnittlichen Gepräges, angefüllt mit den gewöhnlichen und geläufigen Functionen meines Berufes im Flur und bei der Tafel. Meine Frau – ich bin verheiratet, Frau Hofrätin, Madame Mager ist in obgeordneter Stellung in der Küche tätig – meine Frau wird bekunden können, daß ich kein Zeichen einer Vorahnung von irgend etwas Außerordentlichem gegeben habe. Ich dachte nicht anders, als daß ich mich heute abend als derselbe Mann wieder zu Bett legen würde, als der ich aufgestanden. Und nun! Unverhofft – kommt oft. Wie recht hat der Volksmund mit dieser schlichten Weltbemerkung! Frau Hofrätin werden meine Wallung verzeihen und auch meine möglicherweise unstatthafte Redseligkeit. Wes das Herz voll ist, des geht der Mund über, sagt der Volksmund in seiner nicht weiter literärischen und doch so treffenden Art. Wenn Frau Hofrätin die Liebe und Verehrung kennten, die ich sozusagen von Kindesbeinen für unseren Dichterfürsten, den großen Goethe, hege, und meinen Stolz als Weimarer Bürger darauf, daß wir diesen erhabenen Mann den Unsrigen nennen ... Wenn Dieselben wüßten, was insbesondere gerade des jungen Werthers Leiden diesem Herzen von jeher ... Aber ich schweige, Frau Hofrätin, ich weiß wohl, es kommt mir nicht zu, – wenngleich ja die Wahrheit ist, daß ein so sentimentalisches Werk wie dieses allen Menschen gehört und hoch und niedrig mit den innigsten Wallungen beschenkt, während allerdings auf Producte wie ›Iphigenia‹ und die ›Natürliche Tochter‹ vielleicht nur die höheren Schichten Prätensionen mögen machen dürfen. Wenn ich denke, wie oft Madame Mager und ich uns zusammen bei der Abendkerze mit zerflossenen Seelen über diese himmlischen Blätter gebückt haben, und mir in einem damit klarmache, daß in diesem Augenblick die weltberühmte und unsterbliche Heldin derselben mir in voller Leiblichkeit, als ein Mensch wie ich ... Ums Himmels willen, Frau Hofrätin!« rief er und schlug sich mit der Hand vor die Stirn. »Ich rede und rede, und jählings schießt es mir ein siedend heiß, daß ich ja noch nicht einmal gefragt habe, ob Frau Hofrätin denn überhaupt schon Kaffee getrunken haben!«

»Danke, mein Freund«, erwiderte die alte Dame, die dem Erguß des Biedermannes verhaltenen Blickes und dabei mit leicht zuckendem Munde zugehört hatte. »Wir haben das zeitig getan. Im übrigen, mein lieber Herr Mager, gehen Sie viel zu weit bei Ihren Gleichsetzungen und übertreiben gewaltig, wenn Sie mich oder auch nur das junge Ding, das ich einmal war, einfach mit der Heldin jenes vielbeschrienen Büchleins verwechseln. Sie sind der erste nicht, den ich darauf hinweisen muß; ich predige es vielmehr seit vierundvierzig Jahren. Jene Romanfigur, die freilich ein so ausgebreitetes Leben, eine so entschiedene und gefeierte Wirklichkeit gewonnen hat, daß Einer kommen und sagen könnte, sie sei die Eigentliche und Wahre von uns beiden, was ich mir aber denn doch verbitten wollte, – dies Mädchen unterscheidet sich gar sehr von meinem einstigen Selbst, – mein gegenwärtiges ganz bei Seite zu lassen. So sieht ja ein jeder, daß ich blaue Augen habe, während Werthers Lotte bekanntlich schwarzäugig ist.«

»Eine dichterische Licenz!« rief Mager. »Man müßte ja nicht wissen, was das ist, – eine dichterische Licenz! Und sie vermag doch, Frau Hofrätin, von der waltenden Identität kein Titelchen abzudingen! Möge der Dichter sich ihrer zum Zweck eines gewissen cache-cache bedient haben, um ein wenig die Spur zu verwischen . . .«

»Nein«, sagte die Hofrätin mit abweisendem Kopfschütteln, »die schwarzen Augen kommen woanders her.«

»Und wenn auch!« eiferte Mager. »Sei es auch so, daß diese Identität durch solche winzigen Abweichungen ein wenig abgeschwächt wird . . .«

»Es gibt viel größere«, schaltete die Hofrätin nachdrücklich ein.

»– so bleibt doch völlig unangetastet die andere, mit jener sich überkreuzende und von ihr untrennbare, – die Identität mit sich selbst, will sagen: mit jener ebenfalls legendären Person, von welcher der große Mann uns noch kürzlich in seinen Erinnerungen ein so innig Bildnis gemacht hat, und wenn Frau Hofrätin nicht bis aufs letzte Titelchen die Lotte Werthers sind, so sind Sie doch aufs Haar und ohne jeden Abzug die Lotte Goe –«

»Mein Wertester«, sagte die Hofrätin Einhalt gebietend. »Es hat einigen Aufenthalt gegeben, bis Sie die Freundlichkeit hatten, uns unser Zimmer zu zeigen. Es entgeht Ihnen offenbar, daß Sie uns jetzo hindern, davon Besitz zu nehmen.«

»Frau Hofrätin«, bat der Kellner des ›Elephanten‹ mit gefalteten Händen, »vergeben Sie mir! Vergeben Sie einem Manne, der . . . mein Benehmen ist unverzeihlich, ich weiß es, und dennoch bitte ich um Ihre Absolution. Ich werde durch meine sofortige Entfernung . . . Es reißt mich ja«, sagte er, »es reißt mich ja ohnedies, von aller Rücksicht und Schicklichkeit abgesehen, längst von hier dahin und dorthin; denn wenn ich denke, daß Frau Elmenreich bis zu diesem Augenblick sicher noch keine Ahnung hat, da sie bis jetzt wohl kaum einen Blick auf die Gästetafel geworfen und selbst ein solcher vielleicht ihrem schlichten Sinn . . . Und Madame Mager, Frau Hofrätin! Wie reißt es mich längst zu ihr in die Küche, um ihr die große städtische und literarische Neuigkeit brühheiß . . . Dennoch, Frau Hofrätin, und gerade um die herzbewegende Neuigkeit zu vervollständigen, wage ich es, um Vergebung zu bitten für noch eine einzige Frage . . . Vierundvierzig Jahre! Und Frau Hofrätin haben den Herrn Geheimen Rat in diesen vierundvierzig Jahren nicht wiedergesehen?«

»So ist es, mein Freund«, antwortete sie. »Ich kenne den jungen Rechtspraktikanten Doktor Goethe aus der Gewandsgasse zu Wetzlar. Den Weimarischen Staatsminister, den großen Dichter Deutschlands habe ich nie mit Augen gesehen.«

»Es übernimmt einen!« hauchte Mager. »Es übernimmt den Menschen, Frau Hofrätin! Und so sind denn Frau Hofrätin nun also nach Weimar gekommen, um –«

»Ich bin«, unterbrach ihn die alte Dame etwas von oben, »nach Weimar gekommen, um nach vielen Jahren meine Schwester, die Kammerrätin Ridel, wiederzusehen und ihr auch meine Tochter Charlotte zu bringen, die aus dem Elsaß, wo sie lebt, zu Besuch bei mir ist und mich auf dieser Reise begleitet. Mit meiner Jungfer sind wir zu dritt, – wir können meiner Schwester, die selbst Familie hat, nicht als Logiergäste zur Last fallen. So sind wir im Gasthofe abgestiegen, werden aber schon zu Tische bei unseren Lieben sein. Ist Er's zufrieden?«

»Wie sehr, Frau Hofrätin, wie sehr! – Obgleich wir auf diese Weise darum kommen, die Damen an unserer Table d'hôte . . . Herr und Frau Kammerrat Ridel, Esplanade sechs, – o, ich weiß. Die Frau Kammerrätin ist also eine geborene – aber ich wußte es ja! Die Verhältnisse und die Beziehungen waren mir ja bekannt, nur daß ich sie mir nicht gegenwärtig . . . Du Grundgütiger, die Frau Kammerrätin befand sich also unter jener Kinderschar, die Frau Hofrätin im Vorsaal des Jagdhauses umdrängten, als Werther zum ersten Male dort eintrat, und die ihre Händchen nach dem Vesperbrot streckten, welches Frau Hofrätin . . .«

»Mein lieber Freund«, fiel Charlotte ihm wieder ins Wort, »es gab keine Hofrätin in jenem Jagdhause. Bevor Sie nun auch unserm Klärchen, das darauf wartet, gefälligst ihr Kämmerlein zeigen, sagen Sie uns lieber: Ist es weit von hier nach der Esplanade?«

»Nicht im geringsten, Frau Hofrätin. Eine Kleinigkeit von einem Wege. Bei uns in Weimar gibt es dergleichen wie weite Wege nicht; unsere Größe beruht im Geistigen. Ich selbst bin mit Freuden erbötig, die Damen vor das Haus der Frau Kammerrätin zu geleiten, wenn Dieselben nicht vorziehen, sich einer Mietskutsche oder Portechaise zu bedienen, woran es in unserer Residenz nicht mangelt ... Aber noch eins, Frau Hofrätin, nur dieses eine noch! Nicht wahr, wenn auch Frau Hofrätin in erster Linie zu Besuch von Dero Frau Schwester nach Weimar gekommen sind, so werden Frau Hofrätin doch zweifellos Gelegenheit nehmen, auch am Frauenplan –«

»Das findet sich, mein Lieber, das findet sich! Mach' Er nun, und bring' Er die Mamsell hier in dem ihren unter, denn ich werde sie baldigst brauchen.«

»Ja, und sag' Er mir unterwegs«, zwitscherte die Kleine, »wo der Mann wohnt, der den herrlichen ›Rinaldo‹ geschrieben hat, das touchante Romanbuch, das ich wohl schon fünf Mal verschlungen, und ob man ihm wohl, wenn man Glück hat, auf der Straße begegnen kann!«

»Soll geschehen, Mamsell, soll gern geschehen«, erwiderte Mager zerstreut, indem er sich mit ihr zur Tür wandte. Aber hier tat er sich noch einmal Einhalt, stemmte bremsend ein Bein auf den Boden und hielt der Balance halber das andere in die Luft.

»Auf ein Wort noch, Frau Hofrätin!« bat er. »Auf ein einzig letztes und rasch zu beantwortendes Wörtchen! Frau

Hofrätin müssen begreifen – Man steht unverhofft vor dem Urbilde, es ist einem beschieden, an der Quelle selbst – man muß es wahrnehmen, man darf es nicht ungenützt – Frau Hofrätin, nicht wahr, jenes letzte Gespräch vor Werthers Abreise, jene herzaufwühlende Scene zu dritt, wo von der seligen Mutter die Rede war und von der Todestrennung und Werther Lottens Hand festhält und ausruft: Wir werden uns wiedersehen, uns finden, unter allen Gestalten werden wir uns erkennen! – nicht wahr, sie beruht auf Wahrheit, der Herr Geheime Rat hat's nicht erfunden, es hat sich wirklich so zugetragen?!«

»Ja und nein, mein Freund, ja und nein«, sagte die Bedrängte gütig, mit zitterndem Kopfe. »Geh' Er nun! Geh' Er!«

Und der Aufgeregte enteilte mit Klärchen, dem Kätzchen.

Als letztes großes Werk erschien von Thomas Mann 1947 »Doktor Faustus / Das Leben des deutschen Tonsetzers Adrian Leverkühn, erzählt von einem Freunde«, niedergeschrieben in den Emigrationsjahren 1943–45 in USA. Und eben in diesen Jahren läßt Thomas Mann seinen Chronisten, den Gymnasiallehrer Dr. phil. Serenus Zeitblom, in einer kleinen Gelehrtenstube zu Freising den tragischen Lebensweg des genialen Musikers Adrian Leverkühn aufzeichnen.

Hier nun, in dem gewaltigen, fast 800 Seiten umfassenden Romanwerk kommt die tiefe Verbundenheit von Thomas Mann zur Musik besonders zum Ausdruck. Schon in der »Einführung zum Zauberberg« bekannte der Autor: »Die Musik hat von jeher stark stilbildend in meine Arbeit hineingewirkt. Dichter sind meistens ›eigentlich‹ etwas anderes, sie sind versetzte Maler oder Graphiker oder Bildhauer oder Architekten oder was weiß ich. Was mich betrifft, muß ich mich zu den Musikern unter den Dichtern rechnen. Der Roman war mir immer eine Symphonie, ein Werk der Kontrapunktik, ein Themengewebe, worin die Ideen die Rolle musikalischer Motive spielen.« Wie sehr dies der Fall ist, erweist sich besonders im »Doktor Faustus«.

Wieder klingt das alte Thomas Mann-Thema an, von der Gefährdung des Genialen durch Krankheit, die ihm so recht der Nährboden gewisser schöpferischer Typen zu sein scheint (z. B. Nietzsche); wieder mischt sich leise Ironie mit dunklem Ernst, messerscharfe Formulierungen mit dem Vermögen, Atmosphärisches hervorzuzaubern, fast lyrische Passagen mit krassen Realismen. Und doch ist all dies wundersam ineinander verschmolzen. Was aber in diesem Buch über die Musik selber gesagt wird, das zielt auf geradezu vergleichslose Weise in ihren Kern. Die Analysen von Leverkühns großen Kompositionen »Apocalipsis cum figuris« und das Oratoriumwerk »Dr. Fausti Weheklag«, also von Musikstücken, die nur im Kopf des Verfassers existieren und die nun vor den Augen des Lesers bis in die profundesten Eigentümlichkeiten moderner Musikproblematik genau beschrieben werden, diese Kunst, Musik mit Hilfe des Wortes klingende Wirklichkeit werden zu lassen, ist wohl einmalig.

Als Auszug aus diesem ebenso großartigen wie auch schwierigsten Romanwerk von Thomas Mann folgt nun nachstehend zuerst eine kurze Epistel von Serenus Zeitblom, in der schon das »Themengewebe« und verschiedene Leitmotive (Leid-Motive) angedeutet werden, und abschließend ein Vortrag des Musiklehrers von Adrian Leverkühn, Wendell Kretzschmar, über Beethovens Klaviersonate op. 111; ein Kabinettstück, das in seiner Mischung von Heiterkeit und Ernst und in seiner Vertiefung in das Eigentliche der Musik, einen dichterisch wundervoll versöhnlichen Ausklang dieses Buches bildet.

Aus

DOKTOR FAUSTUS

I

(Severenus Zeitblom beginnt seine Aufzeichnungen über Adrian Leverkühn)

Mit aller Bestimmtheit will ich versichern, daß es keineswegs aus dem Wunsche geschieht, meine Person in den Vordergrund zu schieben, wenn ich diesen Mitteilungen über das Leben des verewigten Adrian Leverkühn, dieser ersten und gewiß sehr vorläufigen Biographie des teuren, vom Schicksal so furchtbar heimgesuchten, erhobenen und gestürzten Mannes und genialen Musikers einige Worte über mich selbst und meine Bewandtnisse vorausschicke. Einzig die Annahme bestimmt mich dazu, daß der Leser – ich sage besser: der zukünftige Leser; denn für den Augenblick besteht ja noch nicht die geringste Aussicht, daß meine Schrift das Licht der Öffentlichkeit erblicken könnte, – es sei denn, daß sie durch Wunder unsere umdrohte Festung Europa zu verlassen und denen draußen einen Hauch von den Geheimnissen unserer Einsamkeit zu bringen vermöchte; – ich bitte wieder ansetzen zu dürfen: nur weil ich damit rechne, daß man wünschen wird, über das Wer und Was des Schreibenden beiläufig unterrichtet zu sein, schicke ich diesen Eröffnungen einige wenige Notizen über mein eigenes Individuum voraus, – nicht ohne die Gewärtigung freilich, gerade dadurch dem Leser Zweifel zu erwecken, ob er sich auch in den richtigen Händen befindet, will sagen: ob ich meiner ganzen Existenz nach der rechte Mann für eine Aufgabe bin, zu der vielleicht mehr das Herz als irgendwelche berechtigende Wesensverwandtschaft mich zieht.

Ich überlese die vorstehenden Zeilen und kann nicht umhin, ihnen eine gewisse Unruhe und Beschwertheit des Atemzuges anzumerken, die nur zu bezeichnend ist für den Gemütszustand, in dem ich mich heute, den 27. Mai 1943, zwei Jahre nach Leverkühns Tod, will sagen: zwei Jahre nachdem er aus tiefer Nacht in die tiefste gegangen, in meinem langjährigen kleinen Studierzimmer zu Freising an der Isar niedersetze, um mit der Lebensbeschreibung meines in Gott ruhenden – o möge es so sein! – in Gott ruhenden unglücklichen Freundes den Anfang zu machen, – kennzeichnend, sage ich, für einen Gemütszustand, worin herzpochendes Mitteilungsbedürfnis und tiefe Scheu vor dem Unzukömmlichen sich auf die bedrängendste Weise vermischen.

Mein Name ist Dr. phil. Serenus Zeitblom. Ich selbst beanstande die sonderbare Verzögerung dieser Kartenabgabe, aber, wie es sich trifft und fügt, der literarische Gang meiner Mitteilungen wollte mich bis zu diesem Augenblick immer nicht dazu kommen lassen. Mein Alter ist 60 Jahre, denn A. D. 1883 wurde ich, als ältestes von vier Geschwistern, zu Kaisersaschern an der Saale, Regierungsbezirk Merseburg, geboren, derselben Stadt, in der auch Leverkühn seine gesamte Schülerzeit verbrachte, weshalb ich ihre nähere Kennzeichnung vertagen kann, bis ich zu deren Beschreibung komme. Da überhaupt mein persönlicher Lebensgang sich mit dem des Meisters vielfach verschränkt, so wird es gut sein, von beiden im Zusammenhang zu berichten, um nicht dem Fehler des Vorgreifens zu verfallen, zu welchem man, wenn das Herz voll ist, ohnedies immer neigt.

Ich bin eine durchaus gemäßigte und, ich darf wohl sagen, gesunde, human temperierte, auf das Harmonische und Vernünftige gerichtete Natur, ein Gelehrter und conjuratus des »Lateinischen Heeres«, nicht ohne Beziehung zu den Schönen Künsten (ich spiele die Viola d'amore), aber ein Musensohn im akademischen Sinne des Wortes, welcher sich gern als Nachfahre der deutschen Humanisten aus der Zeit der »Briefe der Dunkelmänner«, eines Reuchlin, Crotus von Dornheim, Mutianus und Eoban Hesse betrachtet. Das Dämonische, so wenig ich mir herausnehme, seinen Einfluß auf das Menschenleben zu leugnen, habe ich jederzeit als entschieden wesensfremd empfunden, es instinktiv aus meinem Weltbilde ausgeschaltet und niemals die leiseste Neigung verspürt, mich mit den unteren Mächten verwegen einzulassen, sie gar im Übermut zu mir heraufzufordern, oder ihnen, wenn sie von sich aus versuchend an mich herantraten, auch nur den kleinen Finger zu reichen. Dieser Gesinnung habe ich Opfer gebracht, ideelle und solche des äußeren Wohlseins, indem ich ohne Zögern meinen mir lieben Lehr-Beruf vor der Zeit aufgab, als sich erwies, daß sie sich mit dem Geiste und den Ansprüchen unserer geschichtlichen Entwicklungen nicht vereinbaren ließ. In dieser Beziehung bin ich mit mir zufrieden. Aber in meinem Zweifel, ob ich mich zu der hier in Angriff genommenen Aufgabe eigentlich berufen fühlen darf, kann mich diese Entschiedenheit oder, wenn man will, Beschränktheit meiner moralischen Person nur bestärken.

Ich hatte soeben kaum die Feder angesetzt, als ihr ein Wort entfloß, das mich heimlich bereits in eine gewisse Verlegenheit versetzte: das Wort »genial«; ich sprach von dem musikalischen Genius meines verewigten Freundes. Nun ist dieses Wort, »Genie«, wenn auch über-mäßigen, so doch gewiß edlen, harmonischen und human-gesunden Klanges und Charakters, und meinesgleichen, so weit er von dem Anspruch entfernt ist, mit dem eigenen Wesen an diesem hohen Bezirke teilzuhaben und je mit divinis influxibus ex alto begnadet gewesen zu sein, sollte keinen vernünftigen Grund sehen, davor zurückzubangen, keinen Grund, nicht mit freudigem Aufblick und ehrerbietiger Vertraulichkeit davon zu sprechen und zu handeln. So scheint es. Und doch ist nicht zu leugnen und ist nie geleugnet worden, daß an dieser strahlenden Sphäre das Dämonische und Widervernünfige einen beruhigenden Anteil hat, daß immer eine leises Grauen erweckende Verbindung besteht zwischen ihr und dem unteren Reich, und daß eben darum die versichernden Epitheta, die ich ihr beizulegen versuchte, »edel«, »human-gesund« und »harmonisch«, nicht recht darauf passen wollen, – selbst dann nicht – mit einer Art schmerzlichen Entschlusses stelle ich diesen Unterschied auf – selbst dann nicht, wenn es sich um lauteres und genuines, von Gott geschenktes oder auch verhängtes Genie handelt und nicht um ein akquiriertes und verderbliches, um den sünd- und krankhaften Brand natürlicher Gaben, die Ausübung eines gräßlichen Kaufvertrages ...

Hier breche ich ab, mit dem beschämenden Gefühl artistischer Verfehlung und Unbeherrschtheit. Adrian selbst hätte wohl kaum, nehmen wir an: in einer Symphonie, ein solches Thema so vorzeitig auftreten – hätte es höchstens auf eine fein versteckte und kaum schon greifbare Art von ferne sich anmelden lassen. Übrigens mag, was mir entschlüpfte, auch den Leser nur wie eine dunkle, fragwürdige Andeutung berühren und nur mir selber als Indiskretion und plumpes Mit-der-Tür-ins-Haus-fallen erscheinen. Für einen Menschen wie mich ist es sehr schwer und mutet ihn fast wie Frivolität an, zu einem Gegenstand, der ihm lebensteuer ist und ihm auf den Nägeln brennt, wie dieser, den Standpunkt des komponierenden Künstlers einzunehmen und ihn mit der spielenden Besonnenheit eines solchen zu bewirtschaften. Daher mein voreiliges Eingehen auf den Unterschied von lauterem und unlauterem Genie, einen Unterschied, dessen Bestehen ich anerkenne, nur um mich gleich darauf zu fragen, od er *zu Recht* besteht. Tatsächlich hat das Erlebnis mich gezwungen, über dieses Problem so angestrengt, so inständig nachzudenken, daß es mir schreckhafterweise zuweilen schien, als würde ich damit über die mir eigentlich bestimmte und zukömmliche Gedankenebene hinausgetrieben und erführe selbst eine «unlautere» Steigerung meiner natürlichen Gaben ...

Ich breche aufs neue ab, indem ich mich daran erinnere, daß ich auf das Genie und seine *jedenfalls* dämonisch beeinflußte Natur nur zu sprechen kam, um meinen Zweifel zu erläutern, ob ich zu meiner Aufgabe die nötige Affinität besitze. Möge denn nun gegen den Gewissensskrupel geltend gemacht sein, was immer ich dagegen ins Feld zu führen habe. Es war mir beschieden, viele Jahre meines Lebens in der vertrauten Nähe eines genialen Menschen, des Helden dieser Blätter, zu verbringen, ihn seit Kinderzeiten zu kennen, Zeuge seines Werdens, seines Schicksals zu sein und an seinem Schaffen in bescheidener Helfersrolle teilzuhaben. Die librettistische Bearbeitung von Shakespeares Komödie «Verlorene Liebesmüh», Leverkühns mutwilligem Jugendwerk, stammt von mir, und auch die textliche Zubereitung der grotesken Opernsuite »Gesta Romanorum« sowie des Oratoriums »Offenbarung S. Johannis des Theologen« durfte ich Einfluß nehmen. Das ist das eine, oder es ist bereits das eine und andere. Ich bin aber ferner im Besitz von Papieren, unschätzbaren Aufzeichnungen, die der Heimgegangene mir und keinem anderen in gesunden Tagen, oder, wenn ich so nicht sagen darf, in vergleichsweise und legaliter gesunden Tagen letztwillig vermacht hat, und auf die ich mich bei meiner Darstellung stützen werde, ja, aus denen ich mit gebotener Auswahl einiges direkt in dieselbe einzuschalten gedenke. Letztens und erstens aber – und diese Rechtfertigung war noch immer die gültigste, wenn nicht vor den Menschen, so doch vor Gott: ich habe ihn geliebt – mit Entsetzen und Zärtlichkeit, mit Erbarmen und hingebender Bewunderung – und wenig dabei gefragt, ob er im mindesten mir das Gefühl zurückgäbe.

Das hat er nicht getan, o nein. In der Verschreibung der nachgelassenen Kompositionsskizzen und Tagebuchblätter drückt sich ein freundlich-sachliches, fast möchte ich sagen: gnädiges und sicherlich mich ehrendes Vertrauen in meine Gewissenhaftigkeit, Pietät und Korrektheit aus. Aber lieben? Wen hätte dieser Mann geliebt? Einst eine Frau – vielleicht. Ein Kind zuletzt – es mag sein. Einen leichtwiegenden, jeden gewinnenden Fant und Mann aller Stunden, den er dann, wahrscheinlich eben weil er ihm geneigt war, von sich schickte – und zwar in den Tod. Wem hätte er sein Herz eröffnet, wen jemals in sein Leben eingelassen? Das gab es bei Adrian nicht. Menschliche Ergebenheit nahm er hin – ich möchte schwören: oft ohne sie auch nur zu bemerken. Seine Gleichgültigkeit war so groß, daß er kaum jemals gewahr wurde, was um ihn her vorging, in welcher Gesellschaft er sich befand, und die Tatsache, daß er sehr selten einen Gesprächspartner mit Namen anredete, läßt mich vermuten, daß er den Namen nicht wußte, während doch der andere ein gutes Recht zur Annahme des Gegenteils hatte. Ich möchte seine Einsamkeit einem Abgrund vergleichen, in welchem Gefühle, die man ihm entgegenbrachte, lautlos und spurlos untergingen. Um ihn war *Kälte* – und wie wird mir zumute, indem ich dies Wort gebrauche, das auch er in einem ungeheuerlichen Zusammenhange einst niederschrieb! Einzelnen Vokabeln können Leben und Erfahrung einen Akzent verleihen, der sie ihrem alltäglichen Sinn völlig entfremdet und ihnen einen Schreckensnimbus verleiht, den niemand versteht, der sie nicht in ihrer fürchterlichsten Bedeutung kennengelernt hat.

VIII

(Wendell Kretzschmars Vortrag über Beethovens Klaviersonate opus 111)

WENDELL Kretzschmar, damals noch jung, höchstens zweite Hälfte zwanzig, war von deutsch-amerikanischen Eltern im Staate Pennsylvania gebürtig und hatte seine musikalische Ausbildung im Lande seiner Herkunft empfangen. Aber zeitig schon hatte es ihn in die alte Welt, von wo seine Großeltern einst ausgewandert, und wo, wie seine eigenen, so auch die Wurzeln seiner Kunst lagen, zurückgezogen, und war im Zuge eines Wanderlebens, dessen Stationen und Aufenthalte selten länger als ein bis zwei Jahre dauerten, als Organist zu uns nach Kaisersaschern gekommen – es war nur eine Episode, denen andere vorangegangen waren (denn er hatte vorher an kleinen Stadttheatern des Reiches und der Schweiz als Kapellmeister gewirkt), und denen weitere nachfolgen sollten. Auch trat er als Komponist von Orchesterstücken hervor und brachte eine Oper, »Das Marmorbild«, zur Aufführung, die über mehrere Bühnen ging und freundliche Aufnahme fand.

Von unscheinbarem Äußeren, ein untersetzter Mann mit Rundschädel, einem gestutzten Schnurrbärtchen und gern lachenden braunen Augen von bald sinnendem, bald springendem Blick, hätte er für das geistige, kulturelle Leben von Kaisersaschern einen wahren Gewinn bedeuten können, wenn eben ein solches Leben überhaupt vorhanden gewesen wäre. Sein Orgelspiel war gelehrt und prächtig, aber an den Fingern einer Hand waren diejenigen herzuzählen, die es in der Gemeinde zu würdigen wußten. Immerhin zogen die frei zugänglichen nachmittäglichen Kirchenkonzerte, bei denen er Orgelmusik von Michael Praetorius, Froberger, Buxtehude und natürlich Sebastian Bach, auch allerlei kuriose und genrehafte Kompositionen aus der Epoche zwischen Händels und Haydns Blütezeiten zum Besten gab, eine ziemliche Menge an, und Adrian und ich wohnten ihnen regelmäßig bei. Ein völliger Fehlschlag dagegen, wenigstens äußerlich gesehen, waren die Vorträge, die er im Saal der »Gesellschaft für gemeinnützige Thätigkeit« eine Saison hindurch unverdrossen abhielt, und die er mit Erläuterungen am Klavier, dazu mit Kreide-Demonstrationen auf der Staffelei-Tafel begleitete. Ein Mißerfolg waren sie erstens, weil unsere Bevölkerung für Vorträge grundsätzlich nichts übrig hatte, zweitens weil seine Themen auch noch wenig populär, vielmehr kapriziös und ausgefallen waren, und drittens, weil sein Stotterleiden das Zuhören zu einer aufregenden und klippenvollen Fahrt machte, beängstigend teils, teils zum Lachen reizend und geeignet, die Aufmerksamkeit von dem geistig Gebotenen völlig abzulenken und sie in ein ängstlich gespanntes Warten auf das nächste konvulsivische Festsitzen zu verwandeln.

Es war ein besonders schwer und exemplarisch ausgebildetes Stottern, dem er unterlag, – tragisch, weil er ein Mann von großem, drängendem Gedankenreichtum war, der mitteilenden Rede leidenschaftlich zugetan. Auch glitt sein Schifflein streckenweise geschwind und tänzelnd, mit der unheimlichen Leichtigkeit, die das Leiden verleugnen und in Vergessenheit bringen möchte, auf den Wassern dahin; aber unfehlbar von Zeit zu Zeit, mit Recht von jedermann fortwährend gewärtigt, kam der Augenblick des Auffahrens, und auf die Folter gespannt, mit rot anschwellendem Gesicht, stand er da: sei es, daß ein Zischlaut ihn hemmte, den er mit in die Breite gezerrtem Munde, das Geräusch einer dampflassenden Lokomotive nachahmend, aushielt, oder daß im Ringen mit einem Labiallaut seine Wangen sich aufblähten, seine Lippen sich im platzenden Schnellfeuer kurzer, lautloser Explosionen ergingen; oder endlich auch einfach, daß plötzlich seine Atmung in heillos hapernde Unordnung geriet und er trichterförmigen Mundes nach Luft schnappte wie ein Fisch auf dem Trockenen – mit den gefeuchteten Augen dazu lachend, das ist wahr, er selbst schien die Sache heiter zu nehmen, aber nicht für jedermann war das ein Trost, und im Grunde war es dem Publikum nicht zu verargen, daß es diese Vorlesungen mied: mit dem Grade von Einmütigkeit, daß tatsächlich mehr als nur etwa ein halbes Dutzend Zuhörer das Parterre belebte, nämlich außer meinen Eltern, Adrians Onkel, dem jungen Cimabue und uns beiden nur noch ein paar Elevinnen der höchsten Töchterschule, die es an Gekicher während der Hemmungszustände des Sprechers nicht fehlen ließen.

Dieser wäre bereit gewesen, die Unkosten für Saal und Beleuchtung, die durch die Eintrittsgelder keineswegs gedeckt wurden, aus eigener Tasche zu bestreiten, aber mein Vater und Nikolaus Leverkühn hatten es im Vorstande durchgesetzt, daß die Gesellschaft für das Defizit aufkam, oder vielmehr auf die Miete verzichtete, mit der Begründung, daß die Vorträge bildungswichtig und dem Gemeinnutzen dienlich seien. Das war eine freundschaftliche Begünstigung, denn über den Gemeinnutz ließ sich streiten, schon weil die Gemeinde ausblieb, was aber, wie gesagt, zum Teil auch auf das allzu Spezielle der behandelten Gegenstände zurückzuführen war. Wendell Kretzschmar huldigte dem Grundsatz, den wir wiederholt aus seinem zuerst von der englischen Sprache geformten Munde vernahmen, daß es nicht auf das Interesse der anderen, sondern auf das eigene ankomme, also darauf, Interesse zu *erregen,* was nur geschehen könne, dann aber auch mit Sicherheit geschehe, wenn man sich selbst für eine Sache von Grund aus interessiere und also, indem man davon spreche, schwerlich umhinkönne, andere in dies Interesse hineinzuziehen, sie damit anzustecken und so garnicht vorhanden gewesenes, ein ungeahntes Interesse zu *creieren,* was viel besser lohne, als einem schon bestehenden gefällig zu sein.

Es war sehr zu bedauern, daß unser Publikum ihm fast keine Gelegenheit gewährte, seine Theorie zu erproben. Bei uns Wenigen, die wir in der gähnenden Leere des alten Saales mit den numerierten Stühlen zu seinen Füßen saßen, bewährte sie sich vollkommen, denn er fesselte uns mit Dingen, von denen wir nie gedacht hätten, daß sie so unsere Aufmerksamkeit hinnehmen könnten, und selbst sein furchtbares Stottern wirkte am Ende dabei nur als erregend bannender Ausdruck seines Eifers. Öfters nickten wir alle zusammen ihm tröstlich zu, wenn die Kalamität sich ereignete, und einer oder der andere der Herren ließ wohl auch ein beruhigend zusprechendes »So, so«, »Schon gut«, oder »Macht Nichts!« vernehmen. Dann löste sich unter einem heiter entschuldigenden Lächeln die Lähmung, und in auch wieder nicht geheurer Flottheit ging es eine Weile dahin.

Worüber er sprach? Nun, der Mann war imstande, eine ganze Stunde der Frage zu widmen, »warum Beethoven zu der Klaviersonate opus 111 keinen dritten Satz geschrieben habe«, – ein besprechenswerter Gegenstand, ohne Zweifel. Aber man denke sich die Anzeige angeschlagen am Hause der »Gemeinnützigen Thätigkeit«, eingerückt in die Kaisersascherner »Eisenbahnzeitung«, und frage sich dann nach dem Maß von öffentlicher Neugier, die sie erregen konnte. Man wollte schlechterdings nicht wissen, warum opus 111 nur zwei Sätze habe. Wir, die wir uns zu der Erörterung einfanden, hatten freilich einen ungemein bereichernden Abend, und dies, obgleich uns die in Rede stehende Sonate bis dato ganz unbekannt gewesen war. Jedoch lernten wir sie durch diese Veranstaltung eben kennen, und zwar sehr genau, da Kretzschmar sie auf dem recht minderen Pianino, das ihm zur Verfügung stand (ein Flügel war nicht bewilligt worden) vortrefflich, wenn auch mit schollerndem Klange, zu Gehör brachte, zwischendurch aber ihren seelischen Inhalt, mit Beschreibung der Lebensumstände, unter denen sie – nebst zwei anderen – verfaßt worden, mit großer Eindringlichkeit analysierte und sich mit kaustischem Witz über des Meisters eigene Erklärung erging, warum er auf einen dritten, mit dem ersten korrespondierenden Satz hier verzichtet habe. Er hatte nämlich dem Famulus auf seine Frage geantwortet, daß er *keine Zeit* gehabt und darum lieber den zweiten etwas länger ausgedehnt habe. Keine Zeit! Und mit »Gelassenheit« hatte er es auch noch geäußert. Die in solcher Antwort liegende Geringschätzung des Fragers war offenbar nicht bemerkt worden, aber sie war gerechtfertigt durch die Frage. Und nun schilderte der Redner Beethovens Zustand um das Jahr 1820, als sein Gehör, von einer unhemmbaren Auszehrung befallen, schon in fortschreitender Verödung begriffen gewesen war und bereits sich herausgestellt hatte, daß er Aufführungen der eigenen Werke zu leiten, fortan nicht mehr imstande sei. Er erzählte uns, wie damals das Gerücht, der berühmte Autor sei völlig ausgeschrieben, seine Produktionskraft erschöpft, er beschäftige sich, zu größeren Arbeiten unfähig, wie der alte Haydn nur noch damit, schottische Lieder aufzuschreiben, immer mehr an Boden gewonnen habe, weil nämlich seit einigen Jahren schon kein Werk von Bedeutung, das seinen Namen trug, mehr auf den Markt gekommen war. Allein im Spätherbst von Mödling, wo er den Sommer verbracht, nach Wien zurückgekehrt, habe der Meister sich niedergesetzt und jene drei Kompositionen für das Pianoforte, sozusagen ohne nur einmal vom Notenpapier aufzusehen, in einem Zuge niedergeschrieben, auch seinem Gönner, dem Grafen Brunswick, davon Meldung gemacht, um ihn über seinen Geisteszustand zu beruhigen. Und dann sprach Kretzschmar über die Sonate in c-moll, die als in sich gerundetes und seelisch geordnetes Werk zu verstehen, freilich nicht leicht sei und der zeitgenössischen Kritik wie auch den Freunden eine harte ästhetische Nuß zu knacken gegeben habe; wie denn, so sagte er, diese Freunde und Bewunderer dem Verehrten über den Gipfel hinaus, auf den er zur Zeit seiner Reife die Symphonie, die Klaviersonate, das Streichquartett der Klassik geführt, schlechthin nicht hätten folgen können und bei den Werken der letzten Periode schweren Herzens vor einem Prozeß der Auflösung, der Entfremdung, des Entsteigens ins nicht mehr Heimatliche und Geheure, vor einem plus ultra eben, gestanden hätten, worin sie nichts anderes mehr, als eine Ausartung immer vorhanden gewesener Neigungen, einen Exzeß an Grübelei und Spekulation, ein Übermaß an Minutiosität und musikalischer Wissenschaftlichkeit zu erblicken vermocht hätten, – angewandt bisweilen auf einen so einfachen Stoff, wie das Arietta-Thema des ungeheuren Variationssatzes, der den zweiten Teil dieser Sonate bilde. Ja, ebenso, wie das durch hundert Schicksale, hundert Welten rhythmischer Kontraste gehende Thema dieses Satzes sich selbst überwachse und endlich in schwindelnden Höhen, die man jenseitig nennen mochte oder abstrakt, sich verliere, – ebenso habe Beethovens Künstlertum sich selbst überwachsen: aus wohnlichen Regionen der Überlieferung sei es vor erschrocken nachblickenden Menschenaugen in Sphären des ganz und gar noch Persönlichen aufgestiegen, – ein in Absolutheit schmerzlich isoliertes, durch die Ausgestorbenheit seines Gehörs auch noch vom Sinnlichen isoliertes Ich, der einsame Fürst eines Geisterreichs, von dem nur noch fremde Schauer selbst auf die willigsten Zeitgenossen ausgegangen seien, und in dessen erschreckende Botschaften sie nur noch augenblicks-, nur ausnahmsweise sich zu finden gewußt hätten.

So weit, so richtig, sagte Kretzschmar. Und richtig doch auch wieder nur bedingungsweis und auf ungenügende Art. Denn mit der Idee des nur Persönlichen verbinde man diejenige der schrankenlosen Subjektivität und des radikalen harmonischen Ausdruckswillens im Gegensatz zur polyphonischen Objektivität (er wünschte, wir möchten uns den Unterschied einprägen: harmonische Subjektivität, polyphonische Sachlichkeit), – und diese Gleichung, dieser Gegensatz wollten hier, wie beim meisterlichen Spätwerk überhaupt, nicht stimmen. Tatsächlich sei Beethoven in seiner Mittelzeit weit subjektivistischer, um nicht zu sagen: weit »persönlicher« gewesen, als zuletzt; weit mehr sei er damals bedacht gewesen, alles Konventionelle, Formel- und Floskelhafte, wovon die Musik ja voll sei, vom persönlichen Ausdruck verzehren zu lassen, es in die subjektive Dynamik einzuschmelzen. Das Verhältnis des späten Beethovens, etwa in den fünf letzten Klaviersonaten, zum Konventionellen sei bei aller Einmaligkeit und selbst Ungeheuerlichkeit der Formensprache ein ganz anderes, viel läßlicheres und geeigneteres. Unberührt, unverwandelt vom Subjektiven trete die Konvention im Spätwerk öfters hervor, in einer Kahlheit oder, man möge sagen, Ausgeblasenheit, Ich-Verlassenheit, welche nun wieder schaurig-majestätischer wirke, als jedes persönliche Wagnis. In diesen Gebilden, sagte der Redner, gingen das Subjektive und die Konvention ein neues Verhältnis ein, ein Verhältnis, bestimmt vom Tode.

Bei diesem Wort stotterte Kretzschmar heftig; festhängend am Anfangslaut, vollführte seine Zunge am Gaumen eine Art von Maschinengewehrfeuer, wobei Kiefer und Kinn mitwirbelten, ehe sie Ruhestand fanden in dem Vokal, der das Gemeinte erraten ließ. Als aber das Wort erkannt war, schien es nicht recht danach angetan, daß man es ihm abnähme, es ihm, wie man sonst zuweilen tat, jovial und hilfreich zuriefe. Er mußte es selbst zustande bringen, und er tat es. Wo Größe und Tod zusammenträten, erklärte er, da entstehe eine der Konvention geneigte Sachlichkeit, die an Souveränität den herrischsten Subjetivismus hinter sich lasse, weil darin das Nur-Persönliche, das doch schon die Überhöhung einer zum Gipfel geführten Tradition gewesen sei, sich noch einmal selbst überwachse, indem es ins Mythische, Kollektive groß und geisterhaft eintrete.

Er fragte nicht, ob wir das verstünden, und auch wir fragten uns nicht danach. Wenn er meinte, die Hauptsache sei, daß wir es hörten, so teilten wir vollkommen diese Ansicht. Im Lichte des Gesagten, fuhr er fort, habe man das Werk, von dem er im Besonderen spreche, die Sonate opus III, zu betrachten. Und dann setzte er sich an das Piano und spielte uns aus dem Kopf die ganze Komposition, den ersten und den ungeheueren zweiten Satz in der Weise vor, daß er seine Kommentare beständig in das eigene Spiel hineinrief und, um uns auf die Führung recht aufmerksam zu machen, zwischendurch begeisterungsvoll-demonstrativ mitsang, was alles zusammen einen teilweisen hinreißenden, teilweise komischen und von dem kleinen Auditorium wiederholt auch mit Heiterkeit aufgenommenen Spektakel ergab. Denn da er einen sehr starken Anschlag hatte und im Forte gewaltig auftrug, mußte er überlaut schreien, um seine Zwischenreden halbwegs verständlich zu machen und mit höchstem Stimmaufwand singen, um das Vorgeführte noch vokal zu unterstreichen. Mit dem Munde ahmte er nach, was die Hände spielten. Bum, bum – Wum, wum – Schrum, schrum, machte er bei den grimmig auffahrenden Anfangsakzenten des ersten Satzes und sang in der hohen Fistel die Passagen melodischer Lieblichkeit mit, von denen der zerwühlte Sturmhimmel des Stückes zuweilen wie von zarten Lichtblicken erhellt ist. Schließlich legte er die Hände in den Schoß, ruhte einen Augenblick aus und sagte: »Jetzt kommt's.« Er begann den Variationen-Satz, das »Adagio molto, semplice e cantabile.«

Das Arietta-Thema, zu Abenteuern und Schicksalen bestimmt, für die es in seiner idyllischen Unschuld keineswegs geboren scheint, ist ja sogleich auf dem Plan und spricht sich in sechzehn Takten aus, auf ein Motiv reduzierbar, das am Schluß seiner ersten Hälfte, einem kurzen, seelenvollen Rufe gleich, hervortritt – drei Töne nur, eine

Achtel-, eine Sechzehntel- und eine punktierte Viertelnote, nicht anders skandiert als etwa: »Him-melsblau« oder: »Lie-besleid« oder: »Leb'-mir wohl« oder: »Dermaleinst«, oder: »Wie-sengrund«, – und das ist alles. Was sich mit dieser sanften Aussage, dieser schwermütig stillen Formung nun in der Folge rhythmisch-harmonisch-kontrapunktisch begibt, womit ihr Meister sie segnet und wozu er sie verdammt, in welche Nächte und Überhelligkeiten, Kristallsphären, worin Kälte und Hitze, Ruhe und Ekstase ein und dasselbe sind, er sie stützt und erhebt, das mag man wohl weitläufig, wohl wundersam, fremd und exzessiv großartig nennen, ohne es doch damit namhaft zu machen, weil es recht eigentlich namenlos ist; und Kretzschmar spielte uns mit arbeitenden Händen all diese ungeheueren Wandlungen, indem er aufs heftigste mitsang: »Dimdada«, und laut hineinredete: »Die Trillerketten!« schrie er. «Die Fiorituren und Kadenzen! Hören Sie die stehengelassene Konvention? Da – wird – die Sprache – nicht mehr von der Floskel – gereinigt, sondern die Floskel – vom Schein – ihrer subjektiven – Beherrschtheit – der Schein – der Kunst wird abgeworfen – zuletzt – wirft immer die Kunst – den Schein der Kunst ab. Dim – dada! Bitte zu hören, wie hier – die Melodie vom Fugengewicht – der Akkorde überwogen wird! Sie wird statisch, sie wird monoton – zweimal d, dreimal d hintereinander – die Akkorde machen es – Dim – dada! Bitte nun achtzugeben, was hier passiert –«

Es war außerordentlich schwer, zugleich auf sein Geschrei und auf die hochverwickelte Musik zu hören, in die er es mischte. Wir versuchten es alle angestrengt, vorgebeugt, die Hände zwischen den Knien, indem wir abwechselnd auf seine Hände und seinen Mund blickten. Das Charakteristikum des Satzes ist ja das weite Auseinander von Baß und Diskant, von rechter und linker Hand, und ein Augenblick kommt, eine extremste Situation, wo das arme Motiv einsam und verlassen über einem schwindelnd klaffenden Abgrund zu schweben scheint – ein Vorgang bleicher Erhabenheit, dem alsbald ein ängstlich Sich klein machen, ein banges Erschrecken auf dem Fuße folgt, darüber gleichsam, daß so etwas geschehen konnte. Aber noch viel geschieht, bevor es zu Ende geht. Wenn es aber zu Ende geht und indem es zu Ende geht, bleibt sich etwas nach soviel Ingrimm, Persistenz, Versessenheit und Verstiegenheit in seiner Milde und Güte völlig Unerwartetes und Ergreifendes. Mit dem vielerfahrenen Motiv, das Abschied nimmt und dabei selbst ganz und gar Abschied, zu einem Ruf und Winken des Abschieds wird, mit diesem d-g g geht eine leichte Veränderung vor, es erfährt eine kleine melodische Erweiterung. Nach einem anlautenden c nimmt es vor dem d ein cis auf, so daß es nun nicht mehr »Him-melsblau« oder »Wie-sengrund«, sondern »O – du Himmelsblau«, »Grü – ner Wiesengrund«, »Leb' – mir ewig wohl« skandiert; und dieses hinzukommende cis ist die rührendste, tröstlichste, wehmütig versöhnlichste Handlung von der Welt. Es ist wie ein schmerzlich liebevolles Streichen über das Haar, über die Wange, ein stiller, tiefer Blick ins Auge zum letzten Mal. Es segnet das Objekt, die furchtbar umgetriebene Formung mit überwältigender Vermenschlichung, legt sie dem Hörer zum Abschied, zum ewigen Abschied so sanft ans Herz, daß ihm die Augen übergehen. »Nun ver-giß der Qual!« »Groß war – Gott in uns«. »Alles – war nur Traum.« »Bleib – mir hold gesinnt.« Dann bricht es ab. Schnelle, harte Triolen eilen zu einer beliebigen Schlußwendung, mit der auch manch anderes Stück sich endigen könnte.

Kretzschmar kehrte danach gar nicht mehr vom Piano zum Rednerpult zurück. Er blieb, uns zugewandt, auf seinem Drehsessel sitzen, in der gleichen Haltung wie wir, vorgebeugt, die Hände zwischen den Knien, und führte so mit wenigen Worten seinen Vortrag über die Frage zu Ende, warum Beethoven zu Opus 111 keinen dritten Satz geschrieben. Wir hätten, sagte er, das Stück nur zu hören brauchen, um uns die Frage selbst beantworten zu können. Ein dritter Satz? Ein neues Anheben – nach diesem Abschied? Ein Wiederkommen – nach dieser Trennung? Unmöglich! Es sei geschehen, daß die Sonate im zweiten Satz, diesem enormen, sich zu Ende geführt habe, zu Ende auf Nimmerwiederkehr. Und wenn er sage: »Die Sonate«, so meine er nicht diese, nur, in c-moll, sondern er meine die Sonate überhaupt, als Gattung, als überlieferte Kunstform: sie selber sei hier zu Ende, ans Ende geführt, sie habe ihr Schicksal erfüllt, ihr Ziel erreicht, über das hinaus es nicht gehe, sie hebe und löse sich auf, sie nehme Abschied, – das Abschiedswinken des vom cis melodisch getrösteten d-g-g-Motivs, es sei ein Abschied auch dieses Sinnes, ein Abschied, groß wie das Stück, der Abschied von der Sonate.

Damit ging Kretzschmar, von dünnem, aber anhaltendem Beifall begleitet, und wir gingen auch, nicht wenig nachdenklich, von Neuigkeiten beschwert. Die meisten, wie das zu sein pflegt, sangen beim Aufnehmen der Mäntel und Hüte und beim Verlassen des Hauses die Einprägung des Abends, das themabildende Motiv des zweiten Satzes, in seiner ursprünglichen und in seiner Abschied nehmenden Gestalt, benommen vor sich hin, und noch längere Zeit hörte man aus entfernteren Gassen, in die die Zuhörer sich zerstreut, nächtlich stillen und widerhallenden Gassen der Kleinstadt, das »Leb' – mir wohl«, »Leb' mir – ewig wohl«, »Groß – war Gott in uns« echohaft herüberschallen.

QUELLENHINWEISE

Thomas Mann / BUDDENBROOKS
Stockholmer Gesamtausgabe der Werke von Thomas Mann im S. Fischer Verlag, Frankfurt a. M.

Thomas Mann / DER TOD IN VENEDIG
Enthalten in dem Band »Die Erzählungen« der Stockholmer Gesamtausgabe. Copyright 1966 by Katja Mann.

Thomas Mann / DER ZAUBERBERG
Band der Stockholmer Gesamtausgabe. Copyright 1924 by S. Fischer Verlag, Berlin

Thomas Mann / LOTTE IN WEIMAR
Band der Stockholmer Gesamtausgabe. Copyright 1939 by Bermann-Fischer Verlag, Stockholm

Thomas Mann / DOKTOR FAUSTUS
Band der Stockholmer Gesamtausgabe. Copyright 1947 by Thomas Mann

Für die Überleitungen wurden einige Zitate aus dem Vortrag »Einführung in den Zauberberg« / Für Studenten der Universität Princeton, Mai 1939 entnommen, der als Vorwort in der Sonderausgabe des »Zauberberg« 1954 im G. B. Fischer Verlag, Frankfurt/M. enthalten ist.

Sollten Sie Interesse an weiteren Großdruckbänden haben, so schreiben Sie bitte eine Postkarte mit Ihrer Adresse an den Hartfrid Voss Verlag, 8026 Ebenhausen bei München, Postfach 16. Sie werden dann regelmäßig über die neuen Bücher unterrichtet.

Gesetzt in der 12 Punkt Palatino, gedruckt und gebunden in den Graphischen Werkstätten Friedrich Pustet, Regensburg